아프리카 40일

송양의 여행에세이

아프리카 40일

글 · 사진 **송양의**

프롤로그

아프리카 여행이 여섯 번째이다. 아프리카는 갈 때마다 만족한 곳이다. 정보 부족으로 두렵다. 그러기에 더 설렘이다. 황열병 등 위험하다고 사람들은 말한다. 모기에 물리지 말아야 한다. 장티푸스 등 전염병이 많다고 말한다. 토속 음식을 먹지 않으면 된다. 오지, 가난, 병. 이런 것들이 불운은 아니다. 덕분에 거리를 독차지하는 행운을 얻고 한가롭고 여유롭게 관광할 수 있다. 면역력 길러서 가면 된다고 말하면서 매일 한 시간씩 해변 모래사장을 걸었다. 체력이 없으면 되는 일이 없다. 되는 이유 하나만으로 출발이다. 유럽 등 다른 여행지는 기회비용이 아까운 곳이 많았다. 아프리카는 다녀온 후 다시 가고 싶은 곳이다. 죽을 운명이라면 아프리카 여행만은 끝내고 죽게 해 달라고 기도하고 갔다. 멀쩡하게 추억을 품고 돌아왔다.

아무 방해도 받지 않고 오롯이 나를 위한 느린 여행이 필요하다면 아프리카다. 해양 크루즈, 사파리 투어, 하이킹, 사진 여행 등 무엇이든 하고 싶은 대로 여행할 수 있는 곳이 아프리카다. 자연이 빚어낸 경이로운 풍광과 야생동물을 만나볼 수 있고 정보의 부족을 변수로 즐길 수 있고 아는 만큼 더 보고 느낄 수도 있다. 태초의 자연과 야생동물, 울창한 밀림과 사막의 대조. 상상했던 것보다 훨씬 더 즐겁고, 생각보다 더 가까운 아프리카, 이번 여행이 그동안 꿈꾸었던 여행이 되고 만다. 여행 떠나기 전 설렘, 다녀와서는 추억이 오래 남는 곳은 바로 아프리카. 대륙의 중심이다. 인류의 시작이라는 곳이다. 나이 들어 유랑을 시작한다. 마음은 늙지 않았으니 청춘이다.

여행에서 살아 돌아온다면 남은 생은 살고 싶은 대로 살아도 충분할 거야 하면서 떠났었다. 동반자와 둘이 배낭 자유여행으로 아프리카 40일간을 다녀왔다. 둘의 나이가 합쳐서 142살이다. 위험하다고 알고 있던 아프리카는 어느 나라보다 안전하고 아름다웠다. 있는 그대로의 위대한 자연이었다. 더 나이 들기 전에 더 문명화되기 전에 아름답고 경이롭고 찬란한 자연을 겪어 보기를 권한다.

아프리카! 그 이름이 전해주는 끌림과 동경 이외에도 동시에 많은 슬픔과 아픔을 간직하고 있는 땅임을 부인할 수 없다. 절대빈곤의 가난한 사람들의 땅. 야생동물이 우글거리는 동물의 왕국이라는 말도 맞다. 그러나 우리가 상상치 못한 야생의 대지와 거대한 자연이 평화롭게 존재하고 있으며 아름답고 행복한 삶을 영위하는, 소박하지만 정겨

운 원주민 마을들이 숨겨져 있다. 자연의 천국, 자연의 보물이 태고 모습 그대로 존재한다. 가능성의 땅이자 새로운 기회의 땅일 수도 있다. 최악의 여행지가 될 수도 있다. 선택은 자신의 몫이다. 내가 살던 현실의 공간을 떠나 도전과 창조의 기운을 전해주는 색다른 공간과 마주하는 기쁨의 여행지라는 관점에서 보면 아프리카는 경이로운 세상이요, 설렘과 기대감을 주기에 충분했다. 이제 아프리카 10개국 오지 탐험 이야기를 풀어보려 한다.

2025년 1월 15일
월파 송 양 의

| 차례 |

| 여행 개요 |

스페인 바르셀로나가 출발이라서 시내 구경을 시작으로 몸풀기 시작한다. 낯선 여행지에서의 불안감을 줄이려 한국에서 모두 예약하였다. 시내의 몬주익 분수 쇼를 보러 간다. 극심한 가뭄으로 가동 중단이란다. 세계 3대 분수 쇼의 희망이 물거품 되었다. 스페인 광장과 카탈루냐 미술관을 둘러본다. 사그라다 파밀리아 성당과 구엘 공원은 필수 코스다. 가우디 건축물인 성가족성당은 아직도 공사 중이다. 다음 장소 몬세라트 수도원은 시내에서 53킬로미터지만 다시 보고 싶어 한 번 더 간다. 20년 전에 몬세라트에 온 길을 다시 가는 감회가 새롭다. 몬세라트는 어디에도 없을 저세상 풍경, 영혼이 머무는 신성한 땅. 울퉁불퉁한 바위 봉우리가 6만 개의 기묘한 모양의 산간 지역에 수도원이 세워져 있다. 치유의 능력이 있다는 검은 성모상을 만난다. 마리아께 기도한 내용은 비밀이다. 발설하면 이루어지지 않는다고 한다. 버스로 돌아오는 길에 지중해 옥빛 바다 시체스 방문도 잊지 않는다.

지하철 1회권이 2.5유로다. 버스, 지하철 합하여 10회권을 12유로에 발권하여 바르셀로나 곳곳을 다닌다. 산파우 병원, 카사 바트요, 카사 밀라, 람블란스 거리, 구엘 저택, 몬주익성, 등등 볼거리가 풍부한 도시다. 연구

한 만큼 보상받는다. 5일 동안 누볐다. 바르셀로나는 달콤한 키스처럼 공기마저 로맨틱하다.

크루즈 타러 간다.

설렘이 폭발이다. 침착성을 잃었다. 에스컬레이터에 캐리어를 올려놓고 웃음 지으며 발아래를 보다가 멀리 바라본다. 그때 내 앞에 놓은 대형 캐리어가 나를 향해 넘어진다. 압력으로 나도 뒤로 넘어지고 있다. 여행이고 무엇이고 끝났다는 생각이다. 에스컬레이터에서 뒤로 뒹굴며 넘어지면 어떤 사태가 일어날지 끔찍하다. 삶과 죽음이 동전의 양면 같다. 뒤에 따르던 청년이 내 등을 세게 밀어준다. 그 청년이 없었다면 대형 사고가 확실한 순간이었다.

　흥분, 방만, 착각, 당연, 나이 듦이 원인이다. 확실하게 올려놓지 못한 책임이다. 에스컬레이터 대형 사고를 이해하지 못했는데 내가 그 당사자가 될뻔했다.

　다행으로 뒷사람이 세게 밀어서 제자리로 오지 않았다면 20킬로 그람 이상의 대형 캐리어가 나를 덮치고 굴러서 뒤따라오는 여러 명까지 다쳤

을 것이다. 나는 뇌진탕 아니면 중상으
로 아프리카 여행 출발도 못 했을 것이
다. 해외에서는 더 조심했어야 했다.
감사합니다를 몇십 번 했다.

크루즈 탑승 체크인 창구에 왔다. 황
열병 접종 등 서류는 앙골라 등, 보여
달라는 국가에서 제출하려고 큰 가방
에 넣고 서비스맨에게 먼저 보냈다. 그
것이 화근이었다. 체크인 때 황열병 증
명서류가 없으면 배를 탈 수 없다고 한
다. 캐리어에 있다고 해도 가져오라고
한다. 이미 화물로 보낸 수천 개의 가방
에서 찾을 방법이 모호하다. 미국인들
은 거짓말을 하지 않는다고 믿는 것 같

다. 있다고 하면 확인도 하지 않는다. 우리는 왜 보여달라고 하는지 한국
인의 서글픔이다. 가방을 찾을 때까지 5시간 걸린다. 해안 배 앞에서 배도
못 타고 하염없이 기다리며 화가 치민다. 춥고 배고프고 고통 속에 가방
을 찾아서 황열병 접종 증명서 꺼내어 체크인했다.

아! 아프리카. 출발 전부터 심상치 않다. 그러나 슬픈 시간은 과거다.
억지로 웃으면서 탑승 완료. 좋은 생각만 하자고 말한다. 경비 아끼려
고 가려진 오션 뷰 신청했는데 운 좋게 완전 바다 전망 방이다. 양쪽에
비상 보트 사이로 뻥 뚫린 방이 내가 40일간 거주할 방이다. 고생 끝에

낙이구나.

탑승 후 저녁 만찬이다. 동석한 옆 여행객 독일인 부부와 영어로 대화한다. 크루즈 몇 번째냐고 질문받는다. 아프리카 여섯 번째 여행이고 크루즈는 7번째라고 말하니 자기는 58번째 크루즈라고 한다. "집에 들어가지 않으면 가능하다." 깔깔대며 말한다. 독일인 옆 캐나다인 호기가 대단하다. 3개월째 여행 중이란다. 외국인들은 친화력이 대단하다. 별것도 아닌 것에 호탕하게 웃는다. 금방 코리아 친구라고 부른다. 유머 감각을 배워야겠다. 식사법도 특이하다. 건강관리도 우리와 반대다. 냉수에 얼

음을 많이 넣고 마신다. 그리고 커피를 마신다. 과일을 먹고 메인 식사를
한다. 우리는 식전에 따뜻한 물을 마신다. 냉수는 몸을 차갑게 하여 혈
관을 굳게 한다고 믿는다. 밥 먹고 과일 먹고 커피 마시는 우리 식사법과
완전 다르다.

| 여행 팁 |

교통 : 아프리카는 크루즈가 제일 편하고 싸다. 크루즈 선사 홈페이지에 들어가서 검토하다 보면 가격이 주식처럼 매일 변하는 것을 알 수 있다. 1인당 가격이 30,000달러에서 2,000달러까지 춤춘다. 최저점에 예약이 요령이다.

비행기표는 스카이스캐너 등에서 크루즈처럼 매일 5분씩 점검한다. 출발 6개월 전이 가장 저렴하지만, 비행기가 텅텅 비었을 때는 출발 10일 전이 가장 싸다. 이번 여행은 에미레이트항공사에서 직접 예매했다. 비즈니스석을 쌀 때 잘 샀다. 장점이 많다. 인천공항까지 왕복 무료 리무진 서비스다. 최고의 자동차로 누워서 간다. 차량 지원이 모든 나라 공항에서 된다. 비즈니스석은 일반석보다 비싼 값을 한다.

빈자리가 많을 때가 있다. 평균 가격의 25%에 예약했다. 대형 가방 32킬로그램의 캐리어 2개. 추가로 10킬로그램 기내수화물 2개까지 가능하다.

기후 : 한국과 반대다. 한국 겨울이 적기다. 11월이나 12월이 좋을 것이다. 겨울이 건기이며 우기 여행은 불편하다.

호텔 : 캐리어에 물 20병, 고추장, 햇반 20개, 김 등을 채워서 갔다. 호텔 밖에서 외식은 하지 않고 음식을 조리할 수 있는 호텔이나 아파트를 정하여 크루즈 타기 전에 이용한다. 경비 절약 방법은 무한하다. 연구할수록 더 편하고 더 유효하다.

언어 : 개별여행이 가장 싸다. 패키지는 대부분 비싸다. 다만 영어를 해야 하는데 핸드폰에 언어 변환기능이 있는 것을 사용해도 된다. 가장 중요한 것은 용기이다. 관심이다.

통화 : 현지 화폐를 출발 전에 환전한다. 또한 트레블 카드에 외화 가격이 쌀 때 충전해 놓으면 좋다. 환율은 매일 매시간 변한다.

옷 : 버릴 옷을 주로 가져간다. 돌아올 때 가방까지 기부하고 버리고 온다는 생각으로 짐을 싸자. 남들은 내게 큰 관심 없을 것이다. 남들이 무엇을 입었는지 비교하는 순간에 웃음이 사라진다. 내가 좋으면 좋다는 자유로운 복장이 최고다.

비자 : 각각 나라마다 비자 정책이 수시로 바뀐다. 2024년까지는 나미비아(입국 시 도착 비자 가능) 마다카스카르(입국 시 도착 비자 가능). 나머지 국가는 무비자였다. 도착 비자는 낭패 없도록 한국에서 받아 가는 편이 안전하다.
크루즈는 타고 가는 배에서 도착 비자를 만들어주는 편리성이 있다.

건강 : 황열병 예방 접종 증명서는 필수다. 각종 백신 증명은 있으면 좋으나 없어도 문제없다. 모기 물리지 않는다는 자신만 있으면 된다. 모기퇴치제 뿌리면 효과가 있다. 현지 음식물은 조심하고 상비약도 지참할 것. 볼 것이 많다고 무리하지 말자. 건강 생각하여 하루 이만 보 정도만 걸었다.

통신 : 현지에서는 유심 또는 이심으로 교체한 후에 구글 검색하여 찾아다닌다. 세계여행이라면 이심이 좋으나 일부 지역은 안 되는 곳도 있다. 한국 로밍이 제일 좋은데 비싸다는 단점이 있다.

기타 : 아프리카처럼 오지 여행은 크루즈라고 생각한다. 배로 아프리카 대륙을 한 바퀴 도는 것이다. 다른 방법도 있다. 항공, 열차, 차, 등도 생각할 수는 있다. 동선이 길고 경비가 너무 많이 든다. 크루즈 잘 선택하면 다른 여행 방법의 20% 가격이면 갈 수 있다. 비싸게 지불하고 여행할 이유는 없지 않은가? 아프리카 일주 40일간 먹고 자고 이동 등이 편리하고 기항지 관광도 현지 국가에 입항하여 현지인들과 거래하면 된다. 영어 회화는 필수다. 프랑스어를 하면 좋지만 기본 영어 회화면 된다. 아니라면 비싼 패키지여행을 선택하여야 한다.

참고로 크루즈 가격은 비행기가 일반석, 프리미엄 석, 비즈니스석. 퍼스트석 등으로 나뉘듯 배도 마찬가지다. 배는 선사에 따라 가격이 다르다.

가격이 아주 비싼 럭셔리 급은 다음과 같다.

폴 고갱 크루즈, 실버시 크루즈, 씨본 크루즈 라인, 리젠트 세븐 씨즈 크

루즈, 크리스탈 크루즈 등이다.

두 번째로 조금 싼 프리미엄 급은 다음과 같다.

쿠나드 라인, 홀랜드 아메리카 라인, 오셔니아 크루즈, 셀러브리티 크루즈, 아자마라 클럽 크루즈 등이다.

가격이 제일 싼 스탠다드 크루즈 라인은 다음과 같다.

카니발 크루즈, 코스타 크루즈, 디즈니 크루즈 라인, 노르지안 크루즈 라인, 엠에스씨 크루즈, 프린세스 크루즈, 로얄 캐리비안 크루즈, 스타 크루즈.

배가 출발한다. 승객 2,400명이 만석이다. 승무원 등 포함하여 3,600명이 탑승했다고 한다.

알리칸테 : 아프리카 가는 중간에 서비스인지 스페인의 알리칸테 등 도시를 다 보여줄 모양이다.

산타바바라 성, 버섯 거리, 야자 숲길, 등 이색적인 구경은 새로운 맛이다.

모트릴 : 스페인 아름다운 도시는 다 거칠 모양이다. 배에서 내려 걷다가 사탕수수 공장, 야자나무공원, 성당길, 해변을 둘러본다. 스페인 남부 해안 도시라서 따뜻하다.

내일은 아프리카 10개국 첫 나라인 모로코 탕혜르가 기항지다.

모로코

수도 : 라바트. 한국과 9시간 차
언어 : 아랍어. 프랑스어
면적 : 약 44만㎢. 남한의 4배
인구 : 약 3,821만 명
아프리카의 국가. 동쪽과 남동쪽은 알제리, 남쪽은 서사하라
와 접해 있으며, 북쪽은 지중해, 서쪽은 대서양에 면해 있다.
입헌군주국으로 왕에게 최고 행정권이 있다.
위치는 아프리카 북서단. 전 국민의 99%가 이슬람교다.

카나리아 제도
모로코
상투메 프린시페
세네갈
코트디부아르
앙골라
인민공화국
나미비아
마다가스카르
모리셔스
남아프리카
공화국

1. 모로코

Morocco

탕헤르 항구에 내려서 차를 타고 헤라클레스 동굴을 간다. 여기서 헤라
클레스가 정신 수양, 연마했다고 한다. 그가 앉았던 장소에 나도 좌선해
본다. 그의 용기와 힘을 이어받을 수 있을까? 힘은 그대로인데 용기는 솟
는다. 안에서 밖을 보면 동굴 입구가 아프리카 지도 모양이다. 내 안의 어
둠을 보았는가? 이곳 동굴에서 아프리카를 보지 않았다면 가장 아름다운

시간을 보지 못한 것이다.

다음은 셰프샤우엔을 간다. 유네스코에서 지정할 만큼 아름답다. 그저 그림이다. 영화다. 이곳을 오기 위해 탕헤르에 왔다. 하얀과 파랑으로 집과 도로 벽, 창까지 통일된 색상은 여행객들의 발길을 잡는데 조금도 부족함이 없다. 아! 하고 감탄사만 연발하고 구경하면 된다.

아틀라스산맥이 뒤에 병풍처럼 위용을 자랑하고 있다. 앞에는 대서양이다.

가죽공예의 원천인 페즈 가죽 시장을 향한다. 인조 염색하지 않고 비둘기 똥 등 자연 원료 색으로 가죽이나 옷감을 물감들이고 있다. 천연염색장은 보기에도 특이한 경험이다.

기항지로 돌아와서 탕헤르의 카스바 요새, 메디나 관광은 덤이다. 한곳에서 이틀 정박할 때도 있다.

모로코는 달러, 유로, 카드, 대부분 불가능이다. 모로코 현지 화폐로 쓸 만큼 바꾸어야 여행할 수 있다. 예를 들면 헤라클레스 동굴 입장료가 1인 만원 정도인데 모로코 화폐를 환전해서 가지 않아서 암 환전상에게 비싸게 환전하여 입장할 수 있었다.

모로코 사람들은 백인과 비슷하여 유럽 남부여행 느낌이다.

택시도 정당 가격제가 아니다. 흥정을 잘해야 한다. 여기저기서 관광객

들의 흥정 소리가 요란할 수밖에 없다. 나는 다른 두 명의 여행자와 만나 택시 협상에 성공하여 하루 투어를 4명이 100달러에 다닐 수 있었다. 협상은 동반자의 주특기다.

목적지에 왔다. 행복하다. 아니다, 여행하는 자체에서 행복을 느꼈다. 얼마나 기다렸던가 숨을 들이마신다. 여기가 아프리카다. 이런 곳 풍경은

신비다. 상상을 뛰어넘는다.

혼자 걷기에는 아까운 거리다. 지중해와 접해서 그런지 경계를 나누는
일은 어리석다. 바다와 수평선도 마찬가지다.

여행의 순간들이 모여 하나의 풍경이 되고 그 이야기가 쌓여 아름다운
인생의 파노라마가 된다. 돌아보면 소중하지 않은 순간은 없다.

　마치 마지막 여행인 것처럼 시간에 충실하자. 그늘에 앉아본 사람만이 빛의 가치를 안다. 그래서 늘 여행이라는 거대한 산자락을 향해 간다.

　아프리카 여행 만만치 않겠다. 그래서 더 설레고 흥분된다. 내 인생이다. 여행하다 죽더라도 내 운명이다. 다음 코스로 이동이다.

　모로코 카사블랑카다.

　그 이름만으로도 가슴 설레게 하는 도시다.

　카사블랑카는 하얀 집이라는 뜻이다. 카사블랑카 도시 항구는 언덕에 있는 집들이 모두 하얀색이다. 아름답다. 그렇지만 슬픈 사랑 이야기 때문에 더욱 유명하다. 10년 전에 방문했던 도시다. 새롭다. 영화 카사블랑카 속 두 연인의 러브스토리를 생각나게 한다. 험프리보가트가 운영하던 카페 아메리칸을 갈 것이다. 마지막에 흐르던 영화음악 AS TIMES GOES BY를 흥얼거리다가 카사블랑카의 사랑에 빠지고 만다. 영화의 현장으로 간다.

영화 줄거리는 대략 이러하다.

2차 대전으로 어수선한 프랑스령 모로코, 미국인인 릭(험프리 보가트)은 암시장과 도박이 판치는 카사블랑카에서 카페를 운영하고 있다. 어느 날 미국으로 가기 위해 비자를 기다리는 피난민들 틈에 섞여 레지스탕스 리더인 라즐로(폴 헨라이드)와 아내 일자(잉그리드 버그만)가 릭의 카페를 찾는다. 일자는 릭의 옛 연인이었다. 라즐로는 릭에게 미국으로 갈 수 있는 통행증을 부탁한다. 아직도 일자를 잊지 못하는 릭은 선뜻 라즐로의

청을 들어주지 못한다. 경찰서장 르노와 독일군 소령 스트라세는 라즐로를 쫓아 릭의 카페를 찾고, 결국 릭은 라즐로와 함께 일자를 떠나보내는데. 연인과 단둘이 사랑의 도피를 할 수 있는 기회를 버리고 사랑하는 사람을 위해 자신을 희생하면서 이별을 고하는 남자의 사랑법에 마지막이 찡하였다.

릭의 카페로 간다. 가나 포트 역에서 10분 걸으면 된다. 248 BOULEVARD SOUR JDID 주소로 간다. 낮에는 12시부터 15시까지만 영업하고 밤에는 18시부터 새벽 1시까지 영업한다고 쓰여있다. 영화를 미국에서 세트 촬영하였고 제목만 카사블랑카였는데 이름만 같다고 유명해졌다. 영화를

모방하여 흥행을 누리고 있다. 가짜인데도 만원이다.

카사블랑카의 하얀 집에서 커피를 마신다. 언덕 위에 있는 집들이 모두 흰색이다. 아름답다. 눈이 부시도록 파란 바다를 바라보며 다른 세계에 와있는 강렬한 느낌을 받는다. 바다를 보면서 생각을 만난다.

여행이든 인생이든 길을 따라 조금만 더 나아가면 아름다운 곳을 만나게 된다. 험한 길만 보고 되돌아서면 멋진 곳은 다가오지 않는다.

내 손으로 무엇을 하거나 스스로 걸을 수 있을 때까지가 삶이다. 즉, 걸어서 여행할 때까지가 인생이다. 불편한 몸으로 하루를 더 산다 한들 무슨 소용 있는가?

스스로 말하고 듣고 먹고 하지 못하는, 마음만 청춘이면 무엇하나?

내가 할 수 있을 때 즐기자. 100살 산들 스스로 할 수 없다면 무엇하나? 내 몸이 허락할 때 즐기자

카나리아
제도

모로코
카나리아 제도
상투메 프린시페
세네갈
코트디부아르
앙골라
인민공화국
나미비아
마다가스카르   모리셔스
남아프리카
공화국

2. 카나리아 제도

The canary islands

1) 아레시페, 란사로테

오늘의 여행지는 아프리카 북서에 있는 카나리아제도이다. 아레시페 (Arrecife)는 카나리아 제도 란사로테섬의 수도이다. 1852년 란사로테섬의 수도가 되었다. 지명은 주변 아라시페 공항의 이름에 영향을 주었다. 인구수는 2023년 기준으로 66,000명이다. 란사로테섬은 스페인 라스팔마스 주에 속하는 섬. 북대서양에 있는 카나리아 제도의 동쪽 끝에 위치 해 있다. 1974년 면적 51㎢의 티만파야 국립공원이 조성되었다. 현존하는 활화산이 있다. 선인장이 끝없이 펼쳐진 달 표면 같은 땅을 지나면 뜨거운 열기의 화산지대를 볼 수 있다.

여행자는 걷다 보면 강인한 정신을 배운다. 길이 험할까? 걱정하기보다는 대자연이 주는 힐링을 저절로 느낀다. 인생도 해결된 결과물이 아니라 풀어가는 과정의 연속이라는 것을 깨닫게 된다.

란사로테에서 관광지 선택한다. 화산까지 택시비 120유로라고 한다. 협상 실패다. 하루에 교통비로 20만 원 지불하고 싶지 않다. 현지 버스를 탄다. 한 시간 기다려야 하는 단점이 있으나 우리는 기다림의 명수다. 1인당 1.4유로 즉 2천 원 정도의 비용으로 목적지에 도착한다. 그랜드캐

니언이 이곳으로 옮겼을까? 의심한다. 계곡이 신비스럽게 모습을 보여준다. 계곡 탐험이 힘겹다. 더 나이 들면 불가능하겠다. 온 힘을 다하여 바위 계곡을 오른다. 땀으로 목욕이다. 성공이다. 세상이 발밑에 있다. 다른 행성인가 눈을 비빈다. 눈으로 보지 못했다 해서 존재하지 않는 것은 아니다. 이곳은 눈으로 보고 있어도 믿을 수 없다. 돌아오는 길에 란사로테(Lanzarote)의 경치 좋은 남쪽을 탐험하고 그림 같은 마을과 화산 풍경,

티만 파야 국립공원(Timanfaya National Park) 및 라 제 리아(La Geria)의 독특한 포도원을 목격하게 된다.

로스 화산 자연공원(Los Volcanes Nature Park)과 용암류, 분화구, 터널을 탐험해 보며 용암에서 생명의 재탄생을 목격해 본다.

이곳은 일 년에 겨울 며칠만 비가 오고 화창한 날만 계속이라고 한다. 비가 많이 온다고 싫어할 일이 아니다. 매일 화창한 날씨로 식물이 자라지 않는다. 일부 존재하는 선인장과 가시나무도 시름댄다. 삭막한 땅이다. 달 표면이 이럴까? 화성이 이럴까? 다른 행성에 온 느낌이다. 동물도 식물도 보기 힘든 황량한 땅이다. 물 저장 탱크에서 관개수로로 만들어 물 흘려서 간신히 농사짓고 있는 곳도 있다. 혹시 내릴 비를 기다리며 웅덩이를 파 놓고 물막이 돌울타리 만들어 포도나무를 재배하고 있다. 비가

오지 않아서 포도나무가 죽어가고 있다. 그래도 포도는 열매를 맺고 포도주를 생산하게 만든다고 한다. 맛이 일품이다. 열악한 환경에서 살아가는 인간보다 질긴 포도의 끈질긴 생명력에 애처로움이다. 숙연한 하루다. 뿌듯한 하루다. 감탄사의 하루다. 걸으며 생각을 만난다.

　푸른 하늘과 뭉게구름, 눈부신 란사로테. 그저 바라본다. 그 풍경 속에 놓인 자신, 나란 존재를 훑어보는 곳. 란사로테서 할 수 있는 모든 것.

　여행할 때만큼 자유를 누리는 시간은 없다. 거대한 풍경 속에 있을 때만큼 충만함을 느끼는 시간은 없다. 자유와 충만의 공간 속으로 오늘도 던져졌다.

풍경이 말을 걸어온다. 바라본다는 것은 마음이 그곳에 머무른다는 뜻
이다.

바로 풍경 속 나를 만나는 것이다.

마음을 기울이면 숨은 풍경이 보인다. 사람도 보인다.

2) 산타 크루스 데 테네리페

배에서 하루를 보내고 이번에는 새벽부터 산타 크루스 데 테네리페를 간다.

스페인의 휴양지로 유럽의 하와이라 불리는 테네리페. 대서양에 있는 스페인령 카나리아제도의 7개 화산섬 중 가장 큰 테네리페는 여유로운 풍경과 에메랄드빛 바다를 품은 보석 같은 여행지다.

산타크루스 데 라팔마(Santa Cruz de La Palma)는 카나리아 제도 산타 크루스데 테네리페도에 위치한 라팔마섬 동쪽 해안의 도시이다. 아프리카 서북부 모로코에서도 한참 떨어진 바다 한가운데 있다. 유명한 휴양지인데, 화산 지형, 분화구 같은 거친 자연환경부터 가족 중심 리조트까지

다양한 컨셉이 있다는 것이 장점. 테네리페는 11월 낮 최고기온이 22도에서 27도 사이로 봄 날씨 같다. 해변 뒤편으로 사막의 모래언덕 같은 지형이 펼쳐지는, 다른 섬에서 잘 볼 수 없는 풍경도 있어 가볼 만한 가치는 충분한 것 같다.

테네리페도, '윤식당'으로 유명해지기 전부터도 유럽에서는 겨울 휴양지로 유명했던 곳이다. 유럽 주요 도시가 5도 밑으로 내려가고 비가 뿌릴 때 따뜻한 이 섬들에 와서 쉬는 것만으로도 좋을 것이다.

2023년 기준으로 지방 인구수는 20,000명이다.

대중교통수단인 공용버스를 타고 여행이다. 나도 현지인 된 모양이다. 버스 터미널에 가서 버스 타는 게 익숙하다. 우리나라에서 일 년에 몇 번

타지도 않는 버스를 아프리카에서는 매일 여러 번 탄다. 이국땅에서 버스는 새로운 맛이다. 현지인들이 오르내리고 반복한다. 아무에게나 질문하고 정보를 얻는다. 이 나라 말은 모른다. 그래도 내가 원하는 정보는 얻는다. 손짓, 발짓, 영어 등 다 동원하면 통한다는 것이 신기하다. 내가 생각해도 참 용기 있다. 무식해서 그런가 보다.

동·식물원에 갔다. 고래 쇼다. 물개, 돌고래 쇼는 보았지만 범고래 쇼는 처음이다. 길이 7미터 되는 거대한 범고래가 온갖 기술로 관객을 흥분시킨다. 거대한 범고래를 어떻게 길들였을까? 신기하다.

날씨가 좋다. 맑은 날에 온도는 영상 24도에서 27도다. 구름 한 점 없는 날이 년 중 340일 정도라고 한다. 식물이 자랄 수 없다. 척박한 환경을 관

광사업으로 탈바꿈했
다. 바닷물을 정수해
서 사용한다. 비가 오
지 않으니 사막 같다.
항상 따뜻한 관광지라
고 선전하는 주민들의
지혜가 훌륭하다.

묘지가 많다. 이들도 한때는 내가 살아있듯 살아있었으리라. 얼마 후
나 또한 이들처럼 반드시 잠들 것이다. 빈손으로 잠들 것이다. 한순간만
나의 것이었다고 할 것이다. 죽으면 어떤 인생이 기다릴까? 다음 생의 여
행은 뻔하다. 인생 2막이다. 남은 시간은 더 빨리 지나갈 것이다.

이제 돌아갈 시간이다. 걸으면서 생각을 만나야겠다.

바다는 그리움을 닮는다. 차가운 바다도 이리 그리우니 따뜻한 사람 마
음은 얼마나 그리울까?

인간의 발자국이 모여 여행이 된다. 여행길이 모여 여행자의 삶이 된
다. 길 위로 여행자의 삶이 보인다.

천천히 더 천천히 걷자. 새로운 여행의 속도와 풍경이 보인다.

요정이 사는 것만 같은 길을 간다. 길이 어디로 이어지든 상관없다.

고요하고도 압도적인 풍경 앞에 숨이 멎을 듯해 멈출 수밖에 없다.

신의 거처가 있다면 저곳이 아닐까?

오늘은 바다 항해다. 아프리카 바다라고 새롭지 않다. 갈매기가 날아와 난간에 앉는다. 수천 킬로를 어떻게 날아왔을까? 힘들면 크루즈 탑승하는 것일까? 때 묻지 않은 바다다. 멀리에서 고래가 물을 뿜는다. 안내실에서 방으로 편지가 왔다. 죽는다면 누구에게 어떻게 연락해 줄까요?라는 편지다. 이 나이면 죽어도 충분한 나이인가 보다. 더 나이 들기 전에 여행 많이 해야겠다고 다짐한다. 이번 여행으로 160개국 여행 기록이 달성될 것이다. 돈이 많았다면 불가능했을 것이다. 부자는 관리 때문에 여행이 힘든 모양이다. 건강은 준비하였다. 여행하려고 매일 1만 보를 걸었다. 일주일에 3일은 농장에서 일했다. 노동이 헬스다. 내일 죽어도 좋다고 세뇌하며 수양했다. 세상 미련 놓으려 하면 자유롭다. 재산, 명예, 무슨 소용 있나?

매일 매 순간 설레는 삶, 웃는 삶, 기뻐하며 감사하지 않는 삶은 내게는 필요 없다. 돈은 세상을 움직이는 힘이다. 에너지다. 그 에너지를 어떻게 사용하는가에 따라 몸과 영혼을 살리거나 피폐하게 만들 수도 있다. 돈 지옥 세상에서 살 이유는 없다.

아! 좋다. 나이 70대는 생각하지 않는다. 황혼의 사춘기다. 조용한 음악을 듣는 산들산들한 바람이고 싶다. 노년의 신사이고 싶다. 저무는 황혼을 멋지게 사는 센스있는 노년이고 싶다.

차 한잔 마시러 식당에 간다. 1년 전에 타히티에서 만난 모리셔스 친구를 아프리카에서 만난다. 만날 사람은 언젠가 만나는 모양이다. 좋은 인연을 만들어야겠다. 짧은 인생이다. 악연은 불행이다.

늦기 전에 인생을 즐기자. 내 인생 내가 즐겨야 한다. 늙고 병들고 죽는 것은 누구라도 똑같다. 목숨은 하늘에 맡기고 마음은 스스로 책임진다. 아껴야 할 건 돈이 아니라 시간이고 생각과 건강이다. 어제는 묻혔고 미래는 오지 않았다. 오늘뿐이다. 살아있는 것도 오늘이다. 어제의 미련 버리고 내일을 걱정하지 말자. 오늘이 3만번 모이면 일생이 된다. 아침에 눈을 뜨면 가장 먼저 받는 선물이 오늘이다. 오늘을 아름답게 사용하지 않는다면 헛삶이다. 2100년쯤에는 우린 죽고 없다. 내가 소유했던 건 다른 이가 쓸 것이고 내가 죽고 50년만 지나면 후손들은 우리를 기억 못 한다. 돈도 업적도 사라진다. 몇 년 안에 나에게 아주 중요한 일이 아니라면 하루 몇 분도 걱정할 필요가 없다. 현재만 나의 삶, 카르페디엠.

세네갈

위치 : 아프리카 서쪽
인구 : 18,663,644명(2024년 추계)
수도 : 다카르
면적 : 196,722.0㎢, 남한 면적의 20배
공식 명칭 : 세네갈 공화국(Republic of Senegal)
기후 : 사바나기후
언어 : 프랑스어

모로코
카나리아 제도
상투메 프린시페
세네갈
코트디부아르
앙골라
인민공화국
나미비아
마다가스카르
모리셔스
남아프리카
공화국

3. 세네갈

Senegal

11월에서 4월까지는 건기, 5월에서 10월까지는 우기이므로 건기에 여행해야 날씨가 더 시원하고 습도가 낮아 여행하기 좋다. 건기는 24도에서 31도로 관광하기 좋으나 자외선이 강하여 선크림이나 모자는 필수. 물은 생수가 좋다. 열악한 환경으로 현지 과일은 잘 씻어 먹어야 한다. 장티푸스, 황열병 주의. 조심하면 문제없고 감동 주는 추억을 간직하게 한다. 모기 물리지 않으면 말라리아, 황열병은 전염되지 않는다.

세네갈 수도 다카르에 도착했다. 건기다. 쾌청한 날씨다. 첫인상은 검은색이다. 모든 것이 검정이다. 앞길 아스팔트가 다가온다. 검은 조각으로 나누어 몰려온다. 멈칫한다. 검은 피부의 사람이다. 여기는 땅도 사람도 모두 검다. 하늘에 날고 있는 새조차 검다. 검은 물고기가 유영하는 듯하다. 첫 여행지도 25분 배를 타고 노예무역의 아픈 장소였던 고리 섬을 간다. 400여 명의 여행객이 한꺼번에 몰려 혼란이다. 표 예매 대기 줄이 너무 길다. 불법이 난무한다. 암표까지 사면서 동조하고 싶지 않다. 3시간 기다려 예매한다. 카드, 달러, 유로는 불가하고 현지 화폐로만 가능하다. 거리 암 환전상에게 환전하여 표를 구매하였다. 무법천지 같다.

고리 섬은 탈출하지 못하도록 흑인을 쇠사슬로 묶어놓고 가두고 바다

위 작은 섬에 동물처럼 취급했던 곳으로 슬픈 역사는 잊고 푸른 파도가 옛 고통을 노래하고 있다. 노예 반출 지역이 역사 관광지로 되어있다. 고리 섬 투어를 마치고 시내 구경한다. 매연, 소음 등 가난한 나라의 표본이다. 60년 전 우리나라 모습이 연상된다.

앞으로 6개월간은 비 한 방울도 내리지 않는다는 나라. 잘 살 수 없는 악조건은 모두 가지고 있는 나라. 무언가 주어야 사진을 찍게 해주는 치열한 삶을 본다. 쉴 겸 종교시설 방문했더니 성직자는 돈을 달라고 구걸한다. 믿음이 좋으면 무엇하나. 헌금할 여유 있는 신자가 없으니 썰렁한 교회시설이다. 이슬람교, 기독교 등 신자가 많다는데 운영이 안 된다면 종교시설이 현실에서는 사라지는 유적이 되고 있음에 또한 안타깝다.

흑인 미녀들과 건장한 흑인 청년

들이 거리를 활보한다. 나를 보면서 WHITE라고 말한다. 나도 백인 색으로 보이나 보다. 노예무역 중심지가 슬픈 표정으로 대서양을 응시하고 있다. 가난하고 열악한 환경이지만 뜨거운 삶의 현장이 펼쳐진다.

　택시로 관광해 보기로 했다. 50년 되어 보이는 중고차가 택시다. 신기하게 움직인다. 낙후된 도시, 노후된 자동차, 웃는다. 달린다. 창가에 비추는 굶주려 구부려 있는 사람들이 거북이처럼 움직인다. 차에서 잠시 내려 길가 풍경 촬영하고 있다. 언제 나타났는지 초췌한 장사꾼이 나무 조각과 모자를 사라고 한다. 20달러 요구를 10달러로 대폭 할인하여 구매한다. 필요 없었고 구매 의사도 없었다. 그냥 팔아주고 싶었을 뿐이었다. 나

무 조각은 조금 지나서 파도에 띄워 보낸다. 모자는 한번 사용하고 버리려고 들고 다닌다.

등대, 미술관, 아프리카 부활 기념비. 항구, 사원 등을 구경하고 돌아온다. 4시간 동안 투어를 50유로 요청하는데 30유로로 협상한 후 여행했다.

극심한 가뭄으로 거리에서 물통배달이 눈에 자주 띈다. 골목마다 일거리 없는 젊은이들이 넘친다. 바다에는 노인과 바다의 마지막 배경처럼 빈손으로 어선에서 내리는 모습이 처연하다. 그 위로 세네갈 국기가 신호등처럼 제 홀로 펄럭인다. 빈부의 격차가 극심한 것이 느껴진다.

다카르 시내를 걷는다. 다카르는 수도답게 210만 명이 거주하고 있다. 아프리카의 파리라고 불린다. 다카르는 '사람들이 피할 수 있는 곳'이라는 뜻이다. 아프리카 서쪽 끝에 있는 무역항이며 국제도시다. 무엇이 파리인지 몰라도 돈을 많이 사용하면 대우 많이 받는

곳이라는 건 분명하다. 멀리 고리 섬이 보인다. 노예무역의 가슴 아픈 기념비. 푸른 바다와 그림 같은 해안이 슬픈 감동으로 온다. 레트바 호수도 멀지 않다. 염분이 많은 핑크 호수, 분홍색 호수가 특이하다 하여 갔는데 검은 물이다.

택시로 감비아를 향해 달렸다. 세네갈 중앙에 있는 이상한 나라다.

영토의 폭은 감비아강을 따라 24~48km이며, 주변이 세네갈에 둘러싸여 있어 국가 속의 국가(고립영토) 형태를 띠고 있다.

알렉스 헤일리의 소설이나 영화에서 "뿌리"를 보았던 사람들은 충격을

받았을 것이다. 주인공 쿤타킨테는 감비 아에서 노예로 미국에 끌려와서 파란만 장한 생을 산다. 그 현장이 바로 감비아 다. 질병 난무하고 위험하여 더 이상 가 지 말라고 붙잡는 사람의 힘에 눌려 멀 리서 바라보고 돌아온다.

차가 막힌다. 장례 행렬이다. 아프리 카의 장례식은 특이하다. 화려한 옷을 입고 있다. 하객들이 춤을 춘다. 나도 죽 는다 해도 별로 아쉬울 게 없다. 지금처 럼 긍정적인 마음으로 감사하며 살면 그 만이다. 현재를 즐겨라. 인생 소풍 끝나 면 다 털고 떠나야 한다. 행복하게 잘 살 다 갔으니 남은 가족이 슬퍼하지 말았으면 좋겠다. 내 장례식도 축원하는 잔치 분위기 같으면 좋겠다.

누구든 죽음은 피하고 싶을 것이다. 그러나 여행에서 죽을까 봐 두려워 하면 즐기기 어렵다. 여행하다가 죽으면 멋진 죽음이리라. 오지, 밀림, 사 막, 험난한 곳 등 가리지 않고 여행한다. 아직 살아있고 앞으로도 탐험은 계속될 것이고 무서워하지 않을 것이다. 아프리카라면 더 용기 있게 여 행할 것이다. 새로운 것은 좋은 것이다. 여기는 흑인들 뿐이다. 외진 곳을 걷는다. 굶주린 모습이 파노라마처럼 펼쳐있다. 가방을 열어 사과와 빵을 건넨다. 내가 하느님도 아닌데 영웅처럼 대한다. 멀리서 마약에 취한 듯

흑인이 다가온다. 옷, 돈, 가방 다 벗어줄 용의 있다. 자신감 넘치게 바라본다. 아직은 아닌가 보다. 그냥 지나친다. 아프리카에 와서 하느님께 기도하는 시간이 늘었다. 사정하고 부탁하는 것이다. 왜? 피부가 검다고, 검은 대륙 아프리카에 산다고, 고통을 주신다면 하느님은 편애하시고 사랑을 나누어주지 않으신다는 증명을 하는 것입니다. 하느님이라고 이러시면 아니 되는데 한탄한다. 얼굴이 검다고 마음도 검지는 않을 것이다.

배로 귀선한다. 오늘은 나의 73번째 생일이다. 나의 손자 손녀들이 나를 할아버지라고 한다. 아프리카 오지 여행 40일간은 끄떡없다고 자신한다. 나이가 어쩌라고? 숫자라고? 건강 조심하라고? 낙상은 위험하다고? 잘못되면 죽기밖에 더 하겠냐며 용기 내는 사람이 나다. 앞으로도 못 걸으면 지팡이나 보조기구로 여

행하다 죽을 것이다. 생일파티는 간
단하게 할 수밖에 없다. 정신적인 면
은 화려하게 한다. 조심하라고 카톡
이 온다. 나에게 어울리지 않는 단어
다. 누구든 언젠가 죽는다. 멋지게
살자. 죽어야 할 때는 아파서 골골거
리다가 죽지 않을 것이다. 내가 알아
서 저승사자가 오기 전에 찾아갈 것
이다. 오늘도 최고의 날이다.

커피 마시며 6명이 대화다. 2,400
명의 승객 중 한국 국적의 여행객이
부산에 산다는 두 명뿐이다. 미국에
사는 부부는 말한다. "집을 저당 잡
혀서라도 여행을 다녀라. 젊었을 때
더 많이 여행하라. 죽음이 겁나면 집
안에서 나오지 말고 재미없게 살아
라."

부산 부부도 말한다. "60평 아파트
를 팔고 24평 아파트로 이사해서 살
고 있다. 살림 제외하고 부동산 모두
팔고 장롱, 책, 소파, 가구 등 모두 버
리고 앨범은 사진 찍어 usb에 저장

해 놓고 옷, 그릇, 장식장 등 대부분 기부하니 24평도 보여주는 집처럼 가꿀 수 있고 넓더라. 남은 현금 챙겨놓고 1년 중 반은 여행하고 있다. 죽을 때까지 쓸 수 있는 건 많이 필요한 것이 아니다. 누군가에게 물려주려 하지 않는다면 충분하다. 손자들이나 자식이 찾아오면 잘 방은 인근 호텔로 안내하고 점심때 차나 마시고 대화하면 된다. 침대는 한 개면 되고 이불도 계절별 두 개면 되더라."

훌륭한 생각이다. 언젠가 요양보호사 보호, 요양병원, 실버타운, 호텔에서 살다 죽을 것이다. 집에 있다는 것은 그래도 건강하다는 뜻이다. 160개국 여행자인 나도 더욱 그래야겠다.
생각만 있고 행동을 미루었던 것을
귀국하면 즉시 실행할 것이다. 다
버리고 기부하자. 여행 가방 한 개
의 짐이면 충분할 수도 있다. 그것
도 지금 하는 것이다. 기부도 증여
도 지금 하자. 죽은 후에는 쓰레기
다. 해보면 가능할 것이다. 남을 위
해 살지 말자. 자기 자신의 삶을 살
아야 한다. 버리자. 찡하고 울린다.
인정된다. 욕심이 많아서 즐거운 인
생을 살지 못한다. 내려놓고 베풀고
새처럼 가볍게 날아다니자. 나도 이
번 여행 출발하면서 40평 아파트에서 24평 아파트보다 더 작은 25평 오피
스텔 전세 계약하고 오긴 하였다. 나에게 더 칭찬해야겠다. 잠들기 전에
생각을 정리한다.

많은 것을 가질수록 무엇이든 할 수 있는 건 아니다. 행복에 가까워질
것 같기는 하다. 내려놓는 것이 최고 최선이다. 잃을 것이 없으면 얽매이
지 않는다. 행복하다.
타인에게 인정받기 위해, 타인이 좋아하는 것을 따르기 위해 살 필요가
없다. 내가 좋아하는 것, 내가 원하는 것, 나를 스스로 인정하는 삶을 살

자. 나의 시간을 살자.

살던 대로 살지 말고 살고 싶은 대로 움직이자.

미련 때문에 인생을 허비 말고 망설이다 후회하는 것보다는 해보고 실패하고 싶다.

시간을 여기저기 나누어 쓰면 길을 잃는다. 나만의 시간을 살자.

할 수 없는 이유보다 할 수 있는 방법을 찾아보자.

이 세상에 잠시 소풍 나온 것이다. 너무 많은 관계에 얽히면 자유로울 수 없다.

언제든 떠날 수 있도록 욕심을 내려놓고 살아보자.

시간은 나를 기다려주지 않는다. 하루라도 젊을 때 더 보고 느끼고 경험하고 깨닫자. 내 인생의 가장 젊은 시간인 바로 지금 움직이자.

짧은 해로 초조해지는 나날. 이곳은 여름이라 해가 길다. 나이 들어 할 일 많은 이는 긴긴 낮의 연속 이곳이 좋겠다.

코트디 부아르

위치 : 아프리카 서부 내륙

인구 : 28,641,422명(2024년 추계)

수도 : 수도는 야무수크로, 아비장이 실질적 수도 역할

면적 : 322,463.0㎢. 남한의 3배

공식 명칭 : 코트디부아르 공화국(Republic of Cote d'Ivoire)

기후 : 열대성 기후

언어 : 프랑스어

모로코
카나리아 제도
상투메 프린시페
세네갈
코트디부아르
앙골라
인민공화국
나미비아
마다가스카르 모리셔스
남아프리카
공화국

4. 코트디부아르

Republic of Cote d'Ivoire

코트디부아르 여행은 아프리카 대륙의 서쪽에 위치한 작은 나라로, 다양한 문화와 아름다운 자연 경치로 유명하다. 이곳을 방문하면서 놀라운 사하라 사막의 풍경을 감상할 수 있다. 그리고 물 자원이 풍부한 이 지역에서는 아름다운 해변을 마음껏 즐길 수 있다. 코트디부아르 여행은 특별함을 경험할 수 있는 훌륭한 기회이다. 정말로 잊을 수 없는 경험이었다.

코트디부아르 여행
은 아프리카 대륙의 서
쪽에 있는 매혹적인 나
라로, 마치 문을 열고
새로운 세계로 들어가
는 듯한 느낌을 주는 곳. 이곳은 다채로운 문화와 역사적인 유산을 자랑
하며 관광객들에게 풍부한 경험을 안겨준다. 매혹적인 코트디부아르의
관문을 통과하면 사막, 정글, 해변과 같이 자연이 아름다운 풍경이 펼쳐지
고, 또한 현지인들의 친절과 환대로 인해 여행자들은 마치 집에 온 듯한
편안함을 느낄 수 있다.

아프리카의 파리답다. 아비장은 예술 도시 같다. 호수 같은 라군 위로

육지를 향하면 여기가 아프리카인가 자꾸 의구심이 고개를 든다. 기니만의 심장 같은 곳이다. 바다는 언제나 그리움이다. 아프리카 바다는 영혼의 위로, 회복의 공간 같은 곳이다. 자유를 갈망하던 노예들의 애환이 가득한 곳이다. 슬픈 영혼들의 노래가 들려오는 듯하다. 아비장 수도원 다녀올 때까지는 좋았다.

중심 상가의 화려함에 속은 것이었다. 속살을 보려고 버스에 탑승하여 차량으로 아비장 거리를 바라본다. 바다는 황토색이다. 잿빛이다. 가까이 보니 온갖 쓰레기가 바다를 덮고 있다. 도시를 에워싸고 있는 바다다. 바다가 시름하고 있다. 아파하는 것은 바다뿐만이 아니다. 길가의 쓰레기와 먼지로 코를 막아야 한다. 마스크를 써야 할 정도다. 아프리카 가난한

나라에 와서는 예의가 아닌듯하여 다시 집어넣는다. 시장 앞이다. 하차하여 사진을 찍는다. 아비장이 아니라 아수라장이다. 죽음을 불사하고 도로로 뛰어들어 물건을 팔려고 창문을 두드리는 사람, 길거리 상점들도 마찬가지다. 난리도 이런 난리가 없어 보인다. 아비장이 아프리카의 파리라고누가 그랬는가? 일부 부자들의 이야기다. 도시 복판 조금만 벗어나면 이모습이다. 부자들은 경비원을 대동하고 부를 만끽하는 것이 보인다. 빈부격차가 극심한 게 눈에 띈다. 어느 나라 건 가난한 사람은 있다. 이곳은 대부분 국민이 허덕이고 있어 보인다. 멋진 호텔과 아파트 뒤에는 쓰레기,무덤 옆에 판자촌이 있다. 금방 넘어질 것 같은 집들이 숲처럼 있다. 극심하게 가난한 나라가 아프리카에는 너무 많다. 우리나라보다 40배 이상 못

사는 국민 1인당 소득이 연 1천 달러 이하라니 한숨 나온다.

"주여! 지금 어디에 계신 것입니까? 이러한 참혹한 광경을 보고도 외면하십니까?" 나도 모르게 하느님을 불러본다. "하느님! 이러시면 아니 되옵니다. 검은 대륙, 검은 사람들에게 이렇게 해도 되는 것입니까? 이러지 마십시오. 제발 하느님! 이러시면 절대 아니 됩니다. 저희들의 죄로 대신 속죄한 고통을 검은 대륙에 묻는다면 나누어 받게 해주세요. 대신 아플 수 있습니다. 하느님! 아니 됩니다. 정말 아니 되옵니다."

음성이 들린다. 너는 이런 걸 보고도 배부른 돼지처럼 감사할 줄 모르느냐고 묻는 것 같다. 우린 너무 잘살고 있다. 이곳에서 한 시간만 산다면 우리나라 어떤 역경에도 감사합니다, 수십 번 말할 것이다

시내를 걷는다. 한 무리의 아이들이 외친다. 이 나라는 프랑스어가 국

어다. 나는 프랑스어를 모르지만 와 달라는 말로 해석하고 다가간다. 무
서운 마음은 없다. 지금 죽어도 그동안 호사했지 않은가? 가방을 열어서
준비해 간 볼펜을 나누어준다. 함박웃음에 포즈를 취해준다. '찰칵찰칵'
카메라 셔터를 누른다. 1년 동안 안 입었던 깨끗한 옷을 아프리카에서 나
누어준다. 가방을 열어 있는 대로 털어준다. 어차피 나누어 주려고 가지
고 온 것이다. 가지고 오기를 잘했다고 나에게 칭찬한다. 검은 대륙 아프
리카의 눈물을 본다. 하느님이 시험하고 있는지도 모른다. 내가 불쌍하
다고 생각하는 사람들이 하느님일 수도 있다. 그런 생각이 드니 아낌없이
주고 싶어 지금 가지고 있는 것 내려놓는다. 뿌듯하다.

택시를 타고 도시 밖 해변을 간다. 축구를 하는 사람들이 보인다. 나에
게 달려와서 프랑스어로 말한다. 기쁘게 포즈를 취해준다. 코트디부아르

여행의 놀라운 경험이다. 아름다
운 해변은 최고 휴양지다. 푸른
바다와 흰 모래사장이 함께 어우
러져 마음을 편히 쉴 수 있는 환
상적인 풍경을 자랑한다. 이곳 해
변은 깨끗하다. 도시를 벗어나니
맑다. 이곳이 청정지역 파리인가
보다. 한 나라인데도 보는 관점에
따라 천국과 지옥으로 다르게 변
함에 뜨끔하다. 이곳은 일부 부자
들만의 전용 비치처럼 관리가 잘
되어있다.

국립수목원에 갔다. 입장료 1
인당 10달러 내라고 한다. 암시
장 입구 같다. 공원 팻말도 안내
지도 출입구 문도 없다. 입장하면 좋다고 하겠지만 즐길 기분이 아니다.
포기하고 돌아선다. 동행한 미국인은 후진국과 검은 것에 겁이 많다. 미
국인과 동행한 것을 후회한다. 나는 무엇이든 앞으로 직진형이다. 무엇을
해도 용서될듯한 이곳이다. 죽어도 좋다고 경험하고 싶은데 남들은 걱정
이 많다. 자기 집에 돈이 많은가보다. 나는 용기뿐이다. 특히 아프리카라
면 더 용기가 난다. 이런 세상이 있다는 걸 본다는 것은 특별한 경험이라
생각한다.

돌아오는 길에 다시 시내를 관통한다. 쓰레기 속에서 쓸만한 것을 찾는 이들이 많다. 기도가 절로 나온다.

"하느님! 그동안 제 기도는 저를 위한 것이 대부분이었습니다. 건강하게 해주세요. 부자 되게 해주세요. 당첨되게 해주세요. 성공하게 해주세요. 하느님이 얼마나 바쁘고 힘든지 알았습니다. 아프리카 수억 명이 굶주림과 열악한 환경 속에서 비참하게 살다가 일찍 죽습니다. 불쌍한 저들을 살피기에도 하느님의 손길은 모두 닿지 못한다는 걸 알게 되었습니다.

저희는 좀 더 달라고 칭얼대는 철부지였습니다. 앞으로의 기도는 남을 위한 기도만 하겠습니다. 하느님이 기뻐하는 일만 하겠습니다. 만약 천국에 데려간다면 저희의 입술만 데려가겠다고 생각했습니다. 하느님이 천국에 데려가고 싶은 사람은 바로 불쌍한 이곳 사람들이라 생각했습니다. 하느님! 용서하십시오. 오만과 편견으로 살았습니다. 모두 내려놓고 하느님이 원하는 삶을 살겠습니다. 아멘!."

메모지에 생각을 쓴다.

익숙한 것이 안정된 거라는 시간에 갇혀 살지 말고 좀 더 넓은 세상에서 경험하며 신선한 충격 속에 살자. 젊음은 되돌릴 수 없어도 마음속의 청춘은 충분히 느끼며 살아갈 수 있다.

오늘 행복하지 않다면 내일 행복하기도 힘들 것이다.

빨리 가면 놓치는 것이 반드시 있고 천천히 가면 많은 것들을 볼 수 있다. 행복을 놓치지 않을 것이다.

한철을 살면서도 풀들은 그렇게 성실하고 완벽하게 삶을 사는데 인간이 사는 대로 생각하며 대충 살아야겠는가?

나는 세상에 초대받은 손님이다. 귀한 손님답게 살아야 한다. 삶은 향연이다.

벽은 무너뜨리라고 만든
것이 아니다 벽을 타고 오
르라고 만든 것이다. 담쟁
이처럼 들꽃처럼.

상투메
프린시페

REI AMADOR
SÉCULO XVI

위치 : 아프리카 중서부
인구 : 236,381명(2024년 추계)
수도 : 상투메
면적 : 964.0㎢. 제주도의 2/1
공식 명칭 : 상투메 프린시페 민주 공화국
　　　　　(Democratic Republic of Sâo Tomé and Príncipe)
기후 : 열대 우림 기후
민족 구성 : 아프리카인
언어 : 포르투갈어
종교 : 로마가톨릭(70%)

5. 상투메 프린시페

Sao Tome and Principe

　서아프리카의 국가. 농업에 기반을 두고 있다. 주 수출 품목은 코코아이며 수출의 90% 정도로 의존도가 높다. 기후는 열대성으로 연평균 기온은 고도가 낮은 곳에서는 27℃, 고도가 610m 이상인 높은 곳에서는 20℃ 정도이다. 연평균 강우량은 상투메 시 근처의 저지대가 약 1,000㎜, 산간지방이 3,810~5,080㎜이다. 섬 대부분 지역을 덮고 있는 열대우림은 고도 1,373m 이상에서 열대 운무림으로 변하며, 상투메의 북부와 북동부 저지대, 프린시페 섬의 저지대에는 초원지대와 숲이 있다.

상투메 프린시페는 1976년 독립한 신생국이다. 섬나라이다. 주변에 육지가 없다. 잘 살 수 없는 모든 조건 다 갖추고 있다. 코코아 생산하는 것과 고기잡이가 전부다. 이것이 나라인가 의심할 정도다. 배에서 내려 나무판자 집 같은 곳 지나면 수도이다. 아무도 제지하지 않는다. 이민국부터 공공건물에도 사람이 없다. 상투메 항구에 내려 폭포를 간다. 걷다 보니 말을 걸어온다. 포르투갈 언어다. 간신히 흥정하여 택시를 탄다. 택시가 겉은 색칠하여 멀쩡한데 속은 수십 년 된 고물차다. 30분쯤 달린다. 산 중

턱이다. 시동이 꺼진다. 다시 500미터 가다가 어김없이 차가 멈춘다. 운전사는 대수롭지 않게 생각한다. 택시 엔진 꺼지는 일이 오랜 전통처럼 여기고 있다. 6시간 후에 배를 타야 한다. 산속에서 오도가도 못 하면 여기서 살아야 하는 것인가? 걱정이다. 여권이며 가방 돈까지 다 배에 보관

하고 출발했다. 한국대사관도 영사관도 없다. 여행 유의지역이고 환경이
아주 열악하다. 머물만한 호텔도 도시에서 본 적이 없다. 동반자는 더 불
안해한다. 긴장, 초조, 스릴 즐긴다고 말하는 나도 두려운 공포가 밀려온
다. 애써 잘난 척 허세 부리고 있을 뿐이다. 걸어서 항구까지 갈 시간이 없
다. 뛰어도 6시간 내에 갈 수 없다. 세계 끝에서 몇 번째 가난한 나라라고
한다. 차에서 내릴 수도 없다. 거지소굴에서 머무는 느낌이다.

　　우여곡절 끝에 폭포에 도착했다. 폭포 이름이 sao nicolau waterfall 이
라고 말하는 곳인데 의외로 사람들이 많이 구경하고 있다. 폭포는 아름답
다. 이곳에서 먹기 힘든 산딸기를 파는 사람을 보니 내 가슴을 편하게 하
고 싶어진다. 2달러로 한 바구니 산다. 이제부터는 불행 끝 행복 시작이

라는 기분이다. 어두운 터
널을 빠져나온 마음에 기
쁘다. 산 중턱에서 내려올
때는 마음도 가볍다. 엉덩
이가 시트에서 붕 떠 있어

야 하는 비포장 울퉁불퉁 흙길도 즐겁다. 내려올 때는 시동이 꺼지지 않
는다. 사진을 찍는다. 일찍 죽는 수명으로 아이들이 많이 보인다. 보통
50살 이전에 죽는다고 한다. 병원이 있는지도 궁금하다. 교회는 헌금하
는 사람이 없어 폐허다. 산길에서 아이들에게 산, 산딸기를 풀숲에 조용
히 버린다.

팔미라 수목원을 간다. 상투메 프린시페에서 가장 인기 있는 관광명소 중 하나이다. 이곳은 평화로운 분위기와 함께 아름다운 열대우림을 경험할 수 있는 멋진 장소. 수목원 안에는 우림뿐만 아니라 다양한 동물들도 서식하고 있어 관광객들은 각종 색상의 새들과 함께 울려 퍼지는 원시림의 소리와 함께 대자연 속에서 산책을 즐길 수 있다.

이번에는 산타나 해변 도시를 간다.

냇가에서 그릇, 옷 등을 씻고 빨래하는 모습이 보인다. 옷 빨래는 나뭇

가지나 풀 위에 널어 말리고 있다. 들판이 하얀, 노랑, 빨강 옷으로 그림 그려져 있다.

호주머니가 불룩하다. 산길에서 산, 망고다. 어린아이들이 1달러에 판다. 가는 곳마다 썩은 과일 파는 곳 많다. 털어서 버린다. 살 때부터 먹고자 함은 아니었다. 도와주고 싶었을 뿐이다

지나가는 아이들에게 볼펜을 나누어준다. 사진 포즈를 취해준다. 학습된 풍경이다. 혼자 있는 소녀에게 손거울을 선물한다. 운전사에게 내 옷

을 벗어준다. 엄지 두 개를 연신 흔든다. 이 나라 사람들은 포르투갈어만 할 줄 안다. 영어를 모르니 답답하다. 손과 발로 소통한다. 영어를 아는 사람이 거의 없다. 어른들은 거의 문맹이라고 한다. 평균수명이 43세라니 극도로 빈국이다. 미래에도 가난하게 살 수밖에 없는 환경으로 보여 측은 함이 가시질 않는다.

　수목원, Tamarino Waterfall 폭포, 성당 등 여러 곳을 본다. 아름다운 경치에 입을 다물지 못하다가 또 다른 가슴 아픈 현실을 본다. 이 나라 사람들은 내가 생각하는 것과 반대로 행복하다고 할 수 있는데 내가 보는 판단이 잘못되었음을 인정하고 싶다.

　서아프리카는 볼 것이 없다고 하는 이도 있다. 내 생각은 다르다. 볼 것이 아주 많다. 보아야 한다. 그래서 내가 얼마나 행복하게 살고 있는지 느껴야 한다. 감사함을 알아야 한다. 베풀고 나누어야 함을 알아야 하고 사랑을 배우고 이기주의로만 살지 말아야 하는 것도 알아야 한다.

　감사는 수양이다. 처해있는 상황과 관계없이 주어진 순간순간을 감사하는 마음으로 생각하고 되새겨보는 것이다. 감사하는 시간이 의미 있는 시간이 되고 삶의 기반이 된다. 재물이 있고 없음, 많고 적음에 상관없이 늘 감사하는 마음으로 살아가는 것이 수양이다. 삶 앞에 다가온 불행이

'왜 하필 나야?' 묻지 말고 주어진 모든 것에 진정으로 감사하는 사람이 성숙한 영혼이다. 영혼은 죽은 사람의 것이다. 살아 있는 동안 보여준 삶 속에 그 사람의 영혼이 깃들어 있다. 감사할 수 없는 상황에서 감사하라니 말도 안 된다고 생각했다. 이제 실천한다. 가장 감사한 것은 감사가 일상이 되었다는 것이다. 욕심을 줄이고 내려놓고 나보다 몇십 배 못사는 아프리카인들의 검은 눈물을 보면서 나는 최소한 먹고 살지 않은가? 그렇다

면 감사해야지 더 깨어 있어야 한다. 배부른 자의 나를 위한 기도였다. 감사합니다. 감사가 습관이 되었다.

아프리카는 정이 가는 곳이다. 여행할 만한 곳이다. 귀선한다. 돌아올 때도 판자 이민국을 거쳐 배를 탄다. 배를 타고 다음 여행지 앙골라로 향한다. 갑판에서 상투메를 바라본다. 점점 희미해진다. 난민인지 어부인지 금방 전복될듯한 작은 어선에서 수십 명이 손을 흔든다. 구조신호일까? 환송

인사일까? 우리 배는 그 광경이 보이지 않는지 망망대해를 향해 달린다.

아프리카 사람은 검다. 검은 재로 몸을 만든 사람 같다. 온몸이 검은 나무로 된 숯 같다. 운명인가 숙명인가? 누가 그린 잔인한 그림일까?

여러 생각이 묻어 나온다.

감정이 늙기 전에 여
행 많이 해야 한다. 늙
으면 아름답다고 생각
하지 못한다고 한다.
흥이 있을 때 떠나자.
감정이 메마르면 노화가 빨리 진행된다. 곱게 늙으려면 많이 웃고 즐거워
하고 설레는 일을 해야 한다. 늙을수록 비우기 좋고 살아가기 좋아진다.
지금 내가 그렇다.

진주를 품어야 진주조개다. 여행해야 여행자다.

걱정하는 건 돌 한 개도 옮길 수 없다. 실행하라 도전하라.

나는 운이 좋은 사람이다. 나를 믿고 모든 게 감사하고 내가 원하는 것이 이미 내 것이라는 희망과 확신으로 산다.

세상에 단 하나뿐인 나다. 나를 믿지 않으면 누구를 믿나? 믿음이 큰 힘이요 내 운을 바꾸는 시작이다. 즉 나에 대한 믿음이 변화의 시작이다.

노인이 큰 쇠 절구를 숫돌에 갈아 바늘을 만들기 위해 갈고 있다는 사람을 보고 이태백은 꺾은 붓을 다시 잡았고 이후 유명한 문필가가 될 수 있었다고 한다. 포기하고 진로를 바꾸려 하는가? 노력하는 사람만큼 무서운 사람 없다. 성공하는 사람의 노력과 실패하는 사람을 비교하면서 깨달음을 얻는다.

생각만 하고 행동하지 않는 것은 망상일 뿐이다. 읽지 않은 책은 장식일 뿐이다. 이 생각으로 나는 오늘도 아프리카를 뒤진다.

자기만 말하는 사람이 있다. 누군가 지루해하는 사람은 생각하지 않는 모양이다.

앙골라
공화국

위치 : 아프리카 남서부
인구 : 37,261,759명(2024년 추계)
수도 : 루안다
면적 : 1,246,700.0㎢. 남한 면적의 11배
기후 : 사막성기후, 사바나기후, 열대성 기후
언어 : 포르투갈어

모로코
카나리아 제도
상투메 프린시페
세네갈
코트디부아르
앙골라
인민공화국
나미비아
마다가스카르   모리셔스
남아프리카
공화국

6. 앙골라 공화국

Republic of Angola

앙골라 인민공화국을 줄여서 앙골라라고 부른다. 아프리카 남서부 해안에 있는 국가. 수도는 루안다, 지하자원으로 매장량이 풍부한 석유와 천연가스, 다이아몬드 광산 등이 있다.

먼지다. 먼지를 본다. 나는 먼지에 불과하다. 먼지 된 나를 비춰준다. 감사하게 시작하는 아침이다.

앙골라 수도 루안다에 입항한다. 거대한 빌딩 숲이며 집들이 아프리카 아닌 느낌이다. 버스를 타고 여행 시작이다. 교통체증이 매우 심하다. 교통 무법천지다. 간신히 도시 번화가를 벗어나니 빈민가다. 쓰레기를 뒤지는 사람들, 초점 없이 일거리 없어서 돌 위에 앉아있는 사람들, 빌딩 뒤로 금방 쓰러질 것 같은 판자촌이 펼쳐있다. 도시 벗어나니 가축우리처럼 집들이 산만하다. 목축업 할 수 없도록 풀이 자라지 않는다. 황폐한 자갈밭이다. 바오밥나무가 흔하다. 척박하다. 땅을 살펴보았다. 습기가 전혀 없는 황토색 흙이다. 가시나무, 바오밥 나무처럼 물 부족에 강한 나무들만 살고 있다. 비는 많이 오는 지역으로 보이는데 토양이 모래와 바위다. 새싹이 고통스럽게 피어난다. 끈질긴 생명력에 응원 보낸다. 이곳 사람들이 조기 사망률 높듯 새싹도 일찍 죽을 것 같다. 날씨가 32도 되는 더운 계절인데도 풀이 거의 보이지 않는다. 아이들을 만난다. 볼펜과 과자를 건넨다. 애들이 불쌍한가? 내 마음이 불편한가? 자문해본다. 포즈를 취해주는 뒤편으로 상가가 상가 아니게 보인다. 누가 저런 판자촌에서 물건을 살까? 여인들이 머리 위에 팔 물건을 가지고 다가온다. 구운 바나나, 고구마 모양의 음식을 현지인들은 사 먹는다. 내가 오만한가? 배부른 상황이라 불결한 음식으로 보인다.

60년 전 우리나라 풍경을 재현한다. 가까이 가 보니 머리를 어떻게 꼬았는지 묘기 머리 모양까지 했다. 포르투갈 식민지 기간이 길어서인지 잘 생긴 남자 여자가 많다. 바오밥 나무는 신성하게 여기는 것 같다. 열매가

사과보다 큰데 식용이란다. 수백 년 된 바오밥 나
무가 경이롭다. 처음으로 보는 바오밥나무 꽃과
열매가 신비하나 익숙하지 않아서 어색하다는
생각이다.

앙골라의 그랜드캐니언이라는 miradouro를
간다. 서양인들이 달의 풍경이라고 말한다. 볼
만하다. 장관이다. 수천 년 수억 년 풍화작용으
로 깎아 놓은 자연 조각이다. 볼수록 멋지다. 환
상적인 풍경을 선사한다. 비는 많이 와도 지나칠
정도로 배수가 잘되는 땅이라서 일반적인 식물
은 견딜 수 없어 보인다. 사막 같은 땅 위에 인공으로 만들어 놓은 꽃들
이 만발이다.

앙골라 사람들은 볼거리가 없나 보다. 자동차 한 대가 전복되면 수백 명
이 관중 되어 관람한다. 할 일 없는 사람들이 너무 많아 보인다.

시내로 돌아온다. 앙골라 독립 영웅 겸 초대 대통령 기념관 관람이다. 웅장한 기념탑이 이색적이다.

　루안다 해변이다. 최고급 호텔과 식당이 있다. 외국인 전용인 모양이다. 아름답고 매력적인 선율의 음악이 흐른다. 소박하면서 화려하다. 가볍고 온화하다. 카페를 밝은 분위기로 이끈다. 음악의 향연이 매력적이다. 의자가 몸을 이끈다. 식음료를 주문하게 만드는 환경이다. 루마니아

작곡가 이바노비치의 왈츠 곡이다. 다뉴브강의 잔물결이다. 윤심덕이 부른 사의 찬미 원곡이다. 여기는 아프리카 맞는 것일까? 앉아서 커피 한잔 하는 것조차 사치스러워서 일어선다. 푸른 바다가 부른다. 관리하는 사람은 많으나 수영하는 앙골라 주민은 한 명도 보이지 않는다. 외국인과 함께 바다에 들어가려다가 쑥스러워서 나온다. 극과 극의 삶의 현장이다. 호화로운 리조트 뒤로는 가난에 찌든 사람들이 대부분 산다.

　벵겔라 해변에 왔다. 벵겔라 해변은 루안다에서 가장 인기 있는 관광지 중 하나로, 그림 같은 풍경과 맑고 따뜻한 바다가 매력적이다. 해변을 따라 산책하거나 해양 스포츠를 즐기며 휴양하기에 안성맞춤인 곳이다.

　이번에는 루안다 요새로 이동이다. 루안다 요새는 역사적으로 중요한 건축물로, 오랫동안 동남아프리카의 군사력을 상징하는 중요한 건물 중 하나다. 요새 내부를 탐험하면 역사적인 유물과 풍부한 문화유산을 발견할 수 있어 문화 여행을 즐기는 이들에게 이곳을 추천한다. 다음으로 국립공원, 폭포, 균열 고지대 풍경 등 구경하고 귀가한다.

　절대 가보고 싶지 않은 나라였다. 무지에서 오는 공포도 있었다. 정보가 없다. 여행 다녀온 사람들이 거의 없다는 말이다. 그래서 설렘이었다.

무식하면 용기가 더 난다. 가는 거야, 죽기밖에 더 하겠냐며 입국한 나라 중 하나이었다.

당신은 운이 좋네요. 누가 말했다. 나는 독백했다. 시간과 땀을 멈추지 않고 투자해 왔더니 운이 좋아졌습니다.

1576년 포르투갈 탐험가가 앙골라를 발견하고 지배하다가 1975년 독립하여 국가를 건설한 나라가 앙골라다. 서양 국가들이 본래 존재한 아프리카 지역을 자기들이 찾았다고 역사를 만들고 입맛대로 하였다. 아프리카 대부분의 나라가 독립 기간이 짧다. 발견이 무엇인지 독립이 무엇인지 검은 대륙의 눈물을 보며 뭉클하다.

아이들에게 볼펜을 선물하면 입으로 먼저 간다. 배고픈가 보다. 하루

세끼는 확실하게 먹을 수 있으면서 감사한 것을 모른다면 죄짓는 거라고
중얼거린다. 걸으며 생각한다. 건강하기에 여행할 수 있다. 한 사람의 몸
에 있는 206개의 뼈와 140개의 관절 모두 정상이다. 물론 관리가 중요하
다. 그 한계에 다다를 때까지는 걷다가 여행하다가 죽고 싶다. 걸어서 여
행할 때까지가 내 인생이다.

　습관이란 별거 아니더라. 좋은 생각 좋은 말 좋은 행동 하고 희망의 씨
앗을 뿌리면 좋은 습관이 생기더라.

　포기하지 않으면 후회하지 않더라.
　나는 간다. 질 수도 있다. 가지 않는다면 이미 졌다. 해내기 전에는 불가
능한 것이었다.

　오지 여행은 불편한 것이지 불쌍한 것은 아니다.

　여행 갈 때는 여행 가방에 다 쑤셔 넣어도 가볍고 학교 갈 때는 책 한 권

만 넣어도 무겁다 가방의 무게는 기분의 무게, 스트레스의 무게다.

여행은 추억을 위해 저지르는 모험이다. 지금 오지 여행하고 있다면 기적을 행하는 것이다.

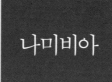

나미비아

위치 : 아프리카 남서부
인구 : 2,645,805명(2024년 추계)
수도 : 빈트후크
면적 : 825,615㎢. 남한의 8배
공식 명칭 : 나미비아 공화국(Republic of Namibia)
기후 : 사막성기후
민족 구성 : 오밤보족(50%), 카방고족(8%), 헤레로족
언어 : 영어

7. 나미비아

Namibia

남회귀선이 지나는 아프리카 서남부 해안에 위치한 국가이다. 1968년 까지는 남 서아프리카로 불렸다. 수도는 빈트후크. 원래는 남아프리카 공화국의 지배를 받았으나 1990년 UN의 후원으로 독립 국가가 되어, 대통령을 국가수반으로 하고 공화국이 되었다.

면적은 남한의 8배지만 국토 대부분이 사막이라 인구는 적다. 수도는 250,000명의 인구가 거주하는 빈트후크 (Windhoek).

증발량이 강수량의 200배인 나미브사막은 모래 속에 섞인 철 성분이 바닷바람의 공기로 인해 산화되면서 붉게 변하고 있다. 빛의 예술 붉은 사막. 이슬 한 방울로도 살아가는 생명체가 많다는 것에 놀란다.

원주민들은 물이 부족해서 머리 감을 때는 나무 재를 사용하고 버터 지방과 황토색 흙을 혼합하여 피부와 모발에 발라 햇빛으로부터 보호한다.

　나미비아는 빛과 바람이 빚은 땅이다. 도마뱀, 거미 등 생물이 살 수 없을 거라는 사막에 많이 살고 있다. 부시맨은 어디 있을까?

　사막에 오아시스가 있다. 근처에는 어김없이 호텔이 있고 식당이 있다. 도저히 없을 것 같은 것들이 다 있다. 사막에 대한 예의로 물을 아주 조금만 쓴다. 미어캣처럼 끝없는 사막을 바라본다.

　월비스베이(영어:Walvis Bay, 아프리칸스어: Walvisbaai)는 나미비아 중부 에롱고주에 있는 항구 도시로 인구는 65,000명이다. 해양 동물의 천국이다. 도시 이름은 "고래의 항구"를 뜻하며 나미비아에서 단 하나밖에 없는 천연 항이기도 하다. 핑크빛 염전으로 유명하며 그래서 홍학이 세계에서 가장 많이 살고 있다. 뒤편에는 나미브사막의 시작점으로 볼만한 곳이 아주 많다.

　나미비아 월비스베이 항구에 하선하였을 때 첫인상이 세상 밖이고 나무 하나 없는 모래 산이 앞에 있어 설렘이었다. 10분도 걷지 않아서 홍학 무리를 만난다. 홍학 무리가 그렇게 많은 것에 놀라움이 컸다. 수백 마리 넘을 것 같다.

　200달러 요청에 70달러로 흥정하여 택시로 종일 관광한다. 핑크 호수로 가 본다. 핑크 색깔 물감 풀어 놓은듯하다. 카메라를 들이대도 홍학은 날지 않는다.

　플라밍고의 장관이다. 호숫가에는 소금꽃으로 하얀이 경계를 표시하고 있다. 하얀 눈밭이다. 소금 세상이다. 핑크 세상. 플라밍고. 멋지다

비가 연중 거의 오지 않는 나라다. 우리나라보다 큰 국토인데 인구가 3 백만 명도 되지 않는다. 사막뿐이다. 길을 걷는다. 눈길이다. 소금 길을 걷는다. 소금공장을 거쳐 사막으로 간다. 오밤보족 등이 가축을 기르며 어렵게 산다. 관광 나라답게 어디 가도 깨끗이 하려고 노력하는 흔적이 뚜렷하다. 안젤리나 졸리가 결혼식을 해서 더 유명한 월비스베이다. 둔에 오른다. 사막에서 둔(사구 산)은 높은 산을 말한다. 둔 7은 높이 383미터 로 높다. 산을 정복하고 싶은 욕망이 선다. 신발이 푹푹 눈길처럼 빠진다. 신발을 벗어들고 걷는다. 모래 표면은 영상 34도의 열기로 뜨거운데 표면 바로 밑은 시원하다. 곤충이 있다면 숨어서 쉬기 좋겠다. 30분 올라간다. 정상이다. 멋지다. 모래 산이 신기하다. 풀 한 포기, 나무 하나 없는 모래

로 된 산이다. 산 정상에서 보이는 것은 사막, 사막뿐이다.

　다음 코스로 스와코트문트를 간다.

　거대한 소철 나무가 가로수다. 사막에서 어떻게 살아왔을까? 월비스
베이에서 31km 떨어져 있는 도시다. 낙타 타는 사람, 사륜구동 타는 사
람, 사막 투어의 전초기지가 맞는 모양이다. 해변 도시다. 가마우지가 많
다. 물고기가 많다는 증거다. 물개가 쓸려 온 것을 보면 물개도 근처에 많
이 있는 모양이다. 나미비아는 관광객이 많겠다. 30년 전에 잠비아에서
나미비아 갔을 때는 잠비아 강 따라 동물들이 많았다. 나미비아는 코끼리
등, 동물 왕국인 줄 알았는데 그것은 일부의 늪지대고 대부분 국토가 불
모지 사막이다. 푸른 하늘만 있다는 것이 축복이 아님을 본다. 매일 영상

14도에서 영상 34다. 일 년 대부분이 맑다. 비가 거의 내리지 않고 쾌청하니 사막이 된다. 사막의 땅 나미비아는 다행스럽게도 관광 여행객이 많아서 경제를 이끌어 가는 느낌이다. 관광 종사자는 잘사는 것으로 보인다. 유럽인들의 별장이 아주 많다. 연중 따뜻하니 겨울이 추운 나라 사람들이 선호하는 나라일 듯하다. 사막에 길이 있다. 끝이 없을 듯한 길을 달린다. 어디를 보아도 사막이다. 안개 속을 달리는 것일까? 같은 풍경이다. 그런데 지루하지 않고 흥분된다. 모래 산들이 조각작품처럼 예쁘다.

해변 길이다. 드라이브하다 보면 신기한 것들을 많이 본다. 돌고래, 물개, 바닷새 등이 있다. 펠리컨 등 우리가 동물원 가야 볼 수 있는 것이 해안에 산다. 사막, 바다뿐인데 의외로 동물 천국이다. 많이 보았더니 자연

스러워졌다.

　월비스베이에서 60km 다시 달렸다. 샌드위치 하버다. 짜릿한 풍경이다. 해안 따라 깎아 놓은 듯 모래언덕이 그림 같다. 자연 바람이 아니면 만들 수 없는 모양이다. 모래 산이 경이롭다. 다른 곳도 좋다. 사막을 가다 보면 오아시스가 있고 목장이 있고 도시를 만난다. 한 달쯤 살고 싶은 나라다. 사막에 조류 보호구역이라고 쓰여있다. 무엇이 사는지 보이지는 않는다. 새로운 세계다. 사막 투어는 바퀴가 큰 차를 이용한다.

　트럭 투어를 신청했다. 비포장길은 아주 거칠다. 엉덩이가 의자에 붙어있지 못하고 허공으로 뜬다. 기차여행 하려 했다가 낡고 오래되어 고장이 나서 자주 멈춘다는 말에 포기한 것이 더 후회된다. 칼로 잘라놓은 것 같은 날카로운 모래 단면, 그 위로 걷는다. 모래가 많이 들어가 무거워진 신발을 털며 간다. 자연은 언제나 옳다.

　하루 여행을 마치고 항구로 돌아온다. 카방고족인지 옷을 벗고 다가온다. 눈을 의심한다. 도시에서 보기 드문 광경이다. 아마존도 아닌데 여자가 나체다. 아프리카 사막 지역에서는 흔하다. 이곳은 도시 변두리다. 젖가슴을 완전히 보이며 사진 찍자고 한다. 피하기 싫다. 셔터를 누른다. 남

자에게 나체를 보이는 것이 부끄럽지 않은 모양이다. 배고픈 원주민이라 그럴까? 습관일까? 함께 사진 찍고 1달러를 팁으로 준다. 감사하다고 연발이다. 나미비아는 영어가 국어다. 통해서 좋다. 얼마나 원주민이 가난하면 1달러에 벌거벗은 나신을 보여줄까? 아프리카 오지에 오면 우리가 얼마나 행복하게 사는지 느낀다. 하느님 이런 복을 저에게 주시다니 감사합니다, 말한다. 감사가 일상이 되었다. 아니, 습관이 되었다.

집 떠나면 고생이란다. 여행하다 보면 고생의 연속이다. 불평, 짜증, 눈물까지 나온다. 어차피 하루가 간다. 행복, 웃음, 긍정을 택해도 하루다. 나는 꿈같은 여유와 낭만을 선택한다. 오늘 최고의 하루다.

아프리카는 우리나라 대비하여 가난한 건 사실이다. 나라가 가난하다

고 마음도 가난하지 않다. 호화로운 저택도 많다. 좋은 차를 가진 부자도
많다.

위험하고 야만적인 곳이라고? 여행해도 될까? 두려움이 앞선다고? 위
험한 행동을 하지 않으면 아프리카는 다른 대륙보다 더 안전하다. 여섯
번째 아프리카 여행하는 내가 그 증거다. 황열병 예방접종은 평생 한 번

만 하면 된다. 10년 전에 맞았는데 연장 신청하면 유효 기한을 늘려준다.
장티푸스, 콜레라, 말라리아 등은 현지 음식 때문이다. 조심하면 된다. 모
기 기피제를 사용하여 감염체인 모기 안 물리도록 예방하자.

나미비아는 국민 1인당 소득이 4,500달러다. 우리보다 훨씬 가난하다.
이곳은 살 수 없을 것 같다고 생각하는 사람들에게는 살 수 없을 땅이다.

나미비아의 나미브사막의 나미브라는 말은 NAMA 나마족의 언어로 '아무것도 없는 곳'이라는 뜻이다. 정말 아무것도 없을 것 같다. 그런데 동물이 사막을 돌아다니고 식물도 가끔 자란다.

 나미비아 입국 시 비자가 필요하다. 걱정 놓자. 입국 시 사전 비자가 필요하다고 책에는 쓰여있다. 현실은 아니다. 도착하여 입국장에서 도착 비자를 발급해 준다. 1인당 90달러. 아프리카 중부지역은 한국인 개인 여행객이 거의 없다. 정보가 그래서 더 없다. 아프리카는 안되는 게 없다.

한국대사관이 없어도 문제없는 것이 신기한 것이 아니라 여행객은 환영하는 곳이다.

사막이다. 모래언덕이다. 사구다. 나는 인생의 고개라 부르겠다. 끝을 알 수 없이 펼쳐진. 살수록 삶에 답이 없듯, 불투명한 것처럼, 사막은 오르내려야 할 길이다.

오른다. 풍경의 꼭대기에는 고요함이 존재하고 세상의 바닥에는 소란이 있다. 저 풍경처럼 살아야겠다.

걷는다는 것은 살아 있다는 말이다. 자연과의 교감은 여행자의 특권이다.

두려워하지 말고 해보라는 말이 좋다. 아프리카에서 가장 오지를 여행해보고 있다.

사막 아름다운 풍경은 내게 오지 않는

다. 내가 가면 된다.

현재를 즐긴다. 내일이라는 말은 최소한만 믿는다.

언덕을 올라야 보인다. 도시의 전경을.

인생도 세월의 언덕을 오른 후에야 삶을 조명할 수 있다.

그러니 인생의 언덕길을 오르는 일을 즐거워해야겠다.

7억 개의 정자 중 하나가 난자에 안착해서 태어났다. 탄생하기 전에 이미 기적을 행했다. 한번이 어렵지 두 번은 어렵지 않다. 기적을 바란다면 성공 확률이 7억분의 1보다는 크다.

낙원은 없다. 근심 걱정 없는 곳은 없다. 세상에 없다. 세상 밖에는 있다. 바로 이곳이다.

석양이다. 가장 아름답게 퇴장한다. 뒷모습이 황홀하다. 이곳은 반칙투성이다.

넋을 잃고 바라본다. 아름다움이 눈물로 변했다. 액체로 만든 말이다.
눈물이라는 액체가 하는 말을 거부할 수 없다.

단점 개수와 장점 개수는 똑같다. 단점이 더 많아 보인다면 내가 그를
미워하고 있다는 뜻이다.

남아프리카
공화국

위치 : 아프리카 남단

인구 : 61,020,221명(2024년 추계)

수도 : 프리토리아(행정수도), 케이프타운(입법 수도),
블룸폰테인(사법 수도)

면적 : 1,220,813㎢, 남한 12배

공식 명칭 : 남아프리카 공화국(Republic of South Africa)

기후 : 아열대성 기후

민족 구성 : 아프리카 흑인(79%), 백인(11%), 유색인과 유럽 10%

언어 : 아프리칸스어, 영어

국화 : 프로테아

8. 남아프리카 공화국
Republic of South Africa

아프리카에 있는 국가. 20세기 내내 인종 분리 차별 정책인 아파르트 헤이트를 펼쳐 국제사회로부터 비난받았지만 넬슨 만델라의 지도로 흑인 다수당이 승리하면서 1994년 이후 정책 폐지에 이르렀다. 현재에도 높은 범죄율, 인종 간 긴장, 주택과 교육 기회에서의 커다란 격차, 유행

성 전염병 등 풀기 어려운 문제들에 직면해 있다.

남아프리카 공화국. 줄여서 남아공이라고 불리기도 한다. 세계에서 24번째로 인구가 많은 국가이며, 국가 면적은 남한의 12배 면적.

남아프리카 공화국은 아프리카 남부 해안선 2,798킬로미터를 점하고 있으며, 남대서양과 인도양에 동시에 국경을 걸치고 있다. 북부에는 나미비아, 보츠와나, 짐바브웨가 있으며, 동부와 북동부에는 모잠비크와 에스와티니가 있고, 내부에 내륙국인 레소토가 자리하고 있다.

남아프리카 공화국은 다민족 국가로 다양한 문화와 언어, 종교들이 뒤섞여 있다.

1) 케이프타운

케이프타운(Cape Town)은 남아프리카 공화국의 입법 수도이다. 이 도시의 배후에는 테이블 마운틴이 있으며, 부근에 희망봉이 있다. 유럽인지 혼돈된다.

　수에즈 운하가 개통되기 전에는 유럽에서 아시아로 가는 항로의 주요
거점이었다. 요하네스버그에 이어 이 나라에서 두 번째로 큰 대도시권을
형성하고 있다. 도시 자체로는 프리토리아, 더반에 밀려 네 번째로 인구
가 많다. 백인의 비율은 약 35%이다. 도시 자체 인구는 433,688명이고 면
적은 400.28km2이다. 테이블 베이에 접한 이 도시는 항구로 유명하며, 케

이프타운은 남아프리카 공화국 여행자에게 가장 인기 있는 여행지이기도 하다. 케이프타운은 희망봉, 테이블 마운틴, 펭귄 서식지 등 볼거리가 아주 많다.

케이프타운은 남아공 남서쪽 해안에 있다. 아름다운 해변 도시다.

테이블 마운틴 정상에 올라 주변 도시와 항구의 탁 트인 전망을 감상하고, 로벤 섬 (Robben Island)을 방문하여 넬슨 만델라(Nelson Mandela)가

있던 악명 높은 감옥의 옛 부지를 볼 수 있다.

오늘의 여행지는 남아프리카 공화국의 케이프타운이다.

남아공 케이프타운에서 꼭 가봐야 할 여행지 순서를 뽑는다면 테이블 마운틴, 희망봉, 펭귄 마을 해변, 물개섬, 일 것이다. 추운 지역에 사는 펭귄이 아프리카 해안에 수천 마리 서식하고 있는 것과 물개 수백 마리가 노니는 섬도 신기하다. 갈 때마다 실망하지 않는 곳이다. 해안 따라 아름다운 집들이 바다를 향해 병풍처럼 서 있다. 이런 곳에서 살고 싶다. 거리마다 화장실과 쓰레기통이 잘 구비되어있다. 관광선진국이다. 20%의 백인 부자를 위해 80%의 흑인들이 서비스하는 느낌이다. 쓰레기 마을 등 못사는 흑인 마을은 도로가 펜스로 가려져 있다. 하느님은 잘사는 마

을, 가난에 찌든 80%의 흑인 마을 어느 곳에 있을까? 의심이 든다. hope on이라는 2층버스를 타고 돌면 싸고 편리하다. 케이블카 타는 곳에 내려 테이블 마운틴 올라갔다가 내려와서 다음 버스를 타니 편하다. 종일 탑승해도 추가 비용이 없다. lion's head(사자의 머리)라는 곳을 오른다. 갑자기 바람이 소용돌이다. 동반자가 내 쪽으로 밀리면서 날아갈 듯한 모자를 잡는다. 휘젓는 팔에 내 머리를 세차게 쳤다. 아프다. 정신을 차리고 보니 내 안경이 없다. 산 아래 절벽으로 떨어진 모양이다. 관리원의 도움으로 펜스를 넘어 찾는다. 없다. 아슬아슬한 낭떠러지를 손에 손잡고 한참 후에 나무에 걸려있는 안경을 찾는다. 깨끗하다. 남은 여행 망칠 뻔했다. '감사합니다'가 일상이 되는 것이 좋은 것인지 감사가 습관이 되

고 있다. 감사에 침묵하는 것은 비싼 사치다.

산에 오르면 보이는 로벤섬이 있다.

20여 년간 만델라가 감옥에 있었다는 섬이 박물관 되고 관광지가 되었
다. 테이블 마운틴 가는 길에 잠시 멈추었더니 설명한다. 바로 앞에 희미
하게 보이는 사랑의 섬이 로벤섬(robben island)이라고 한다.

도시 복판의 광장을 향하여 목소리 높이는 모습의 동상이 있었다. 넬
슨 만델라가 연설하는가 생각했었다. 죽었다는데 아직도 남아공의 국민
속에 살아있나 보다. 산 위에서도 시내에서도 그는 살아있는 듯했다.

택시를 타고 캠스 해변 등 부자마을을 드라이브한다. 현재 날씨는 영
상 23도이다. 한국은 영하 8도라고 한다. 이 나이에 하루 2만 보씩 걸으

며 건강하게 여행하는 것은 축복이다. 나이는 숫자일 뿐이다. 건강 인생, 행복 가득하다. 마음이 춤춘다.

여행 전에 이호테우 모래 해변을 매일 1만 보씩 걸은 효과를 톡톡히 본다. 정신도 육체도 마음이요 관리다. 나는 약을 먹지 않는다. 건강을 위해 돈으로 살 수도 없는 신비의 약이 있다. 웃으면 나오는 엔도르핀, 감사하면 나오는 세로토닌, 운동하면 나오는 멜라토닌, 사랑하면 나오는 도파민, 감동하면 나오는 다이돌핀을 많이 배출하니 만병통치약을 공짜로 매일 먹는 거다. 신비의 약이고 마음먹기 나름이다. 해변에 갈매기 떼 수백 마리 있다. 외롭지 않으려고 야자나무를 에워쌌다. 야자나무 앞에 갈매기 머물 때 파도가 말을 건다. 포말이 갈매기를 덮친다. 안개처럼 물

방울이 떨어진다. 살을 맞대고 있는 갈매기가 하얀 옷을 입는다. 갈매기가 움직인다. 주소 있는 곳으로 이사하려나 보다. 비가 온다. 소나기가 반가운 나라다. 물방울이 차량 위로 거슬러 올라간다. 땅이 아닌 하늘이다. 비가 되돌아가고 싶은 모양이다. 허공에 빗금 그어 보인다. 비가 반가운지 길가의 사람들이 걸음을 재촉하지 않는다. 우산을 놓고 동행자되고 싶다. 빗방울이 앞서가다가 사라진다. 푸른 하늘이 보인다. 날씨가 다시 따뜻하다. 내 마음이 더 따뜻하다. 입가에 웃음꽃이 핀다. 행복해지는 그런 멋진 날이다. 웃지 못한 날은 실패한 하루인데 오늘은 성공한 날이 확실하다.

2010년에 월드컵 개최했다고 운전기사가 자랑이다. 우리나라보다 늦

다. 2010년에 16강에 올랐고 우리는 2002년에 이미 개최하였고 4강에 들어갔다고 응수한다. 대형 쇼핑몰에 들어선다. 잠시 휘청거려 벽을 잡는다. 갑자기 문이 확 열린다. 손으로 막고 피한다. 장애인을 위한 터치식 자동문인데 내가 장애인용 문을 건드렸나 보다. 견딜 만큼 아프다. 이마

가 멀쩡하다. 감사합니다, 어느 곳에서든 감사하다.

골프장에 갔다. 골프장 페어웨이에 멧돼지, 원숭이들이 갤러리로 따라 다닌다. 라운딩을 구경하는 녀석들이 기특하다. 동물의 왕국에 왔으면 동물과 즐김이 마땅하다.

여행하다 보면 고생의 연속이다. 지친 몸이 서러워도 서러울 이유는 없다. 내 선택이니까

눈부시게 아름다운 자연을 만날 수 있는 꿈같은 여유와 낭만도 내가 선택한 결과다.

아프리카 40일 여행. 그곳은 위험해, 너무 멀어, 돈이 많아야 해, 시간 없어, 건강도 장담 못해. 이렇게 말하거나 부럽다고 말하는 사람은 가지 않는다. 안되는 이유투성이다. 나는 되는 한 가지 이유만 있어도 시도한다. 그리고 항상 잘 돌아왔다.

바라본다. 마음이 머문다.

저녁이다. 흘러간 시간을 떠올린다. 훗날 찾아올 인생의 저녁을 연습하는 시간이다. 풍경처럼 아름답기를 기도한다.

그들이 말한다. 어설프다고. 나는 내 마음이 이끄는 나만의 길을 찾아서 살고 있다고 답한다.

낯선 곳으로 가서 꿈꾸던 자유를 누린다. 마음 편히 숨을 쉴 수 있다. 자유의 시간을 온전히 보낸다. 어떤 것에도 구애받지 않는다

척하면서 애쓰고 살 필요 없다.

2) 모셀베이

남아프리카 공화국 웨스턴케이프에 있는 도시, 모셀베이(Mossel Bay)! 등 인기 명소가 다양해 꼭 한번은 방문해야 할 여행지다.

서던 케이프를 따라 위치한 모셀베이는 남아프리카에서 가장 인기 있는 관광지 중 하나다. 산토스 비치(Santos Beach)의 모래사장에 발을 담근다. 하이킹 길 따라 올라가면 19세기 건축물로 주변 지역의 멋진 전망을 감상할 수 있는 케이프 세인트 블레이즈 등대(Cape St. Blaize Lighthouse)가 나온다. 박물관(Bartolomeu Dias Museum)에서 최신 문화유산을 둘러본다.

케이프타운에서 동쪽으로 배를 타고 가면 12시간 걸리는 모셀베이는 예쁜 항구다. zipline이 길다 길이 1,150m 높이 90m를 시속 80km로 간다. 모셀 만이 한눈에 밟힌다. 걸어서 토스 비치에서 놀다가 산 위 등대로 향한다. 하이킹 코스다. 제대로다. 편의점 근처에 화장실이 있어서 동반자에게 말도 하지 않고 보러 간다. 화장실에 들어가는데 문이 꽝하고 자동으로 닫힌다. 나올 때 나올 수 없다. 내 목소리가 안 들리나 보다. 어떻게든 밖의 동반자와 연락해야 한다. 내가 어디로 사라졌는지 모를 수 있다. 급하면 판단이 흐릴 수 있다. 냉정 하자, 당황하지 말자, 침착하자 며 큰 호흡이다. 핸드폰이 생각난다. 카톡을 한다. 화장실에 갇혔다고 구해달라고 연락한다. 다행스럽게 카톡을 보고 구하러 온다. 동전을 넣고 입장하는 것을 문이 열렸다고 넣지 않아서 그렇다고 한다. 유심, 이심, 로밍 중에 한 개는 꼭 하고 여행할 일이다.

매혹적인 모셀베이(Mossel Bay)의 하이라이트를 발견하고 남아프리카에 상륙한 최초의 유럽인에게 헌정된 박물관 단지를 둘러본다. 1601 년 네덜란드 탐험가가 명명한 Outeniqua Mountains의 그늘에 있는 해변의 축복받은 도시 Mossel Bay 주변에서 계몽적인 드라이브를 즐기는 것으로 하루를 마친다.

3) 포트엘리자베스

남아프리카 공화국 케이프주에 있는 도시. 지명은 1820년 당시 케이프 총독 대리 부인 엘리자베스 던킹의 이름을 딴 것이다. 내륙국인 잠비아, 짐바브웨와도 철도로 연결되어 그 외항(外港)의 역할을 한다. 제2차 세계 대전 후에는 미국 등의 자본으로 자동차·고무·석유 화학 등의 공장이 세워져 도시로 성장하였다. 남부는 아름다운 해변이 있는 휴양지, 주택지이다.

아프리카 야생동물 체험 출발 장소로도 적격이다. 포트엘리자베스는 남아프리카 공화국의 주요 지방 자치 단체 중 하나이며 "친절한 도시"라는 별명을 가지고 있다.

첫인상이 발달한 공업 도시다. 차를 타고 잘 정돈된 도시를 빠져나온다. 남아공의 대부분 도시가 그렇듯 변두리는 벌거숭이다. 비바람을 간신히 피할 수 있는 판자촌이 불규칙하게 있다. 쓰레기는 누구도 치울 생

각이 없어 보인다. 약에 취한 듯 검은 사람들이 초점 없이 우리를 응시한
다. 빈부 격차가 극심한 나라임을 증명이라도 하는 모양이다. 더 이상 카
메라 셔터를 누를 용기가 사라진다. 아프리카는 어느 곳에 가든 "하나님!
어디 계십니까"라고 부르며 감사합니다. 남발이다. 차에서 내려서 준비해
온 사과, 빵, 옷 등 다 털어주고 일어선다. 내 마음이 조금 가볍다. 사랑도

행복도 나누어 줄 때 더 뿌듯한가 보다. addo 코끼리 국립공원에 갔다. 끝이 보이지 않는 대초원이다. 얼룩말, 코끼리, 자칼, 거북이, 버펄로, 멧돼지 등 온갖 종류의 동물들을 찾아다니는 사파리 게임이다. 동물처럼 영역 표시 하려고 차에서 내렸다가 매우 혼이 났다. 코뿔소에 죽으려 하느냐고 가이드가 화를 낸다. 차 속에서만 보아야 한다는 안내를 잊었다. 쉼터에

서만 내릴 수 있는 것을 대자연의 동물 왕국에 흥분해서 깜빡했다.

이번에는 차로 이동해서 kragga 게임 파크에 들린다. 기린 등 동물들이 훨씬 많다. 케냐, 탄자니아, 동물들과 비교하면 아주 적은 수준이다. 세렝게티의 수만 마리의 떼 지어 다니는 동물과 사자의 울음소리 등은 가히 범접할 수 없다. 그래도 이곳 나름대로 사파리 투어가 재미있다. 25년 전에 와 보았던 곳이지만 새롭다.

시내로 향한다. kings beach, humewood beach 모두 아름답다. 물빛이
청록이다. 푸른 바다에 검은색 남녀들이 뛰어든다. 영상 24도면 추울 텐
데 아랑곳없이 수영한다. 파랑 물감 위에 검은콩 띄워 놓은 것 같다.

도시를 걷는다. donkin reserve라는 곳이다. 등대 앞에 모형 피라미드
가 있다. 옥빛 바다가 한눈에 보이는 장소다. 전망 좋은 커피숍에서 한잔
마신다. 트레블 월렛 카드로 결제할 수 있어 편리하다. 택시를 타고 배로

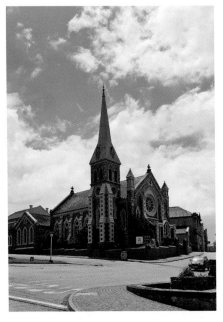

돌아온다. 아침에는 영상 15도, 돌아올 때는 영상 24도다. 동반자가 소리친다. 택시에 점퍼를 놓고 내렸다는 것이다. 불행은 혼자 오지 않는 모양이다. 포근한 나라에 왜 점퍼를 가지고 나왔을까? 잃어버리려면 하지 않아도 될 짓을 한다. 해외에서 택시 탈 때는 차 번호 촬영하던 습관을 오늘은 하지 않았다. 수소문할 방법이 없다. 동승 했던 슬로바키아 사람과 미국인 각 한 명을 찾는다. 그들이 명함을 받던 것을 기억해낸다.

오늘 밤 출항 전 밤 10시까지 찾아야 한다. 지금 시간은 오후 4시다. 2,400명이 탄 배를 뒤진다. 방 안에 있다면 불가능이다. 이름도 성도 모른다. 아쉬움을 달랜다. 여권을 분실한 것도 아니고 사고로 눈이나 다리를 잃은 것 아니니 감사하자고 위로한다. 비싸게 주고 산 옷이라 속상한 것은 사실이다. 이곳은 영상 24도라 문제없는데 한국 도착할 때 영하 8도에서 입을 옷이 없다는 게 걱정이다. 그것은 나중 일이다. 지금 불행하다고 느끼면 지금을 살지 못하는 것이라고 위로한다. 어느 누군가 잘 입으면 족하다고 말하며 포기한다. 일찍 포기할수록 이익이다.

40일간 긴 여행에서 그까짓 거다. 말하니 마음이 평온해진다고, 다시

준비하기로 했단다. 내일은 내일의 태양이 뜰 것이라고 말한다.

　배가 간다. 서쪽, 남쪽, 아프리카를 돌았다. 이제 동쪽 아프리카로 간다. 대서양과 인도양이 만나는 곳이다. 서로 제자리라고 바다가 싸운다. 파도가 거칠다. 밤새 바다가 울더니 아침에도 몇 미터 높이로 파도가 치솟는다. 요람에 오른 듯 재미있다. 크루즈는 평균 8만 톤급이 되므로 멀미하는 사람이 거의 없다. 지금 타고 가는 배는 94,000톤이며 승무원 포함하여 3,600명 타고 있다. 바다에서 하루를 보내는 날이다. 온 천지가 하양이다. 눈이 아니다. 파도가 거칠다 보니 푸른 바다가 희게 보인다. 새하얀 세상이 눈부시게 아름답다. 오늘도 좋은 날이다. 남과 비교하는 순간 내가 사라진다. 다른 사람이 무슨 생각하는지 궁금하면서 일생을 살아가는 건 시간을 내가 버리는 것이다.

무엇을 봐야 아름답고 멋진지 찾기만 하자. 오늘도 눈이 엄청 바쁘다. 나이 더 들어서 움직이지 못하는 건 근육이 부족해서일 것이다. 근육이 부족하면 균형감이 떨어져 낙상의 위험성이 높아진다. 움직일 수 없다면 삶의 질이 낮을 수밖에 없다. 배 안에서 산책코스 만들어 놓은 것, 한 바퀴 도는데 천보다. 열 바퀴 돌면 만 걸음이다. 걸어서 여행할 수 있도록 관리한다. 이제 산책하며 생각을 만날 시간이다. 발걸음이 가볍다. 야호!

쓰는 돈이 약값으로 가기 전에 여행에 많이 쓰자.

비상금 둔 곳 까먹어 배우자에게 묻기 전에 여행 많이 가자. 아직은 경치보다 화장실이 먼저 신경 쓰이는 여행자는 아니다.

눈을 떴다. 생각한다. 일어설 수 있으니 얼마나 행운인가? 살아 있다. 소풍 나온 인생이다. 오늘도 시간을 낭비하지 않을 것이다.

걷는다. 감사는 더 많이 걱정은 더 적게.

부자는 자기가 가진 것에 만족하는 사람들이다. 부자의 마음을 가졌다면 가진 것에 만족하며 산다.

평범하게 살기에는 시간이 부족하다. 인생이 짧다면서 삶을 무의미하게 두지 말자.

오지 여행은 기적 같은 극적인 변화를 위한 원료다. 익숙한 것을 버릴 때 탈출을 꿈꿀 수 있다.

4) 리처드 베이

아프리카 여행 31일째며 남아공 여행 5일째다. 아침 식사를 베네치안

식당에서 하고 있다. 순간 눈을 의심한다. 그렇게 찾았었던 슬로바키아 사람과 미국인이 식당에 들어오는 게 보인다. 벌떡 일어나서 묻는다.

"혹시 어제 택시 드라이버 전화번호 명함 가지고 있을까요? 점퍼를 택시에 놓고 내렸는데 도와주세요."

찾아보겠다며 식당을 나선다. 한참 후에 그들이 돌아온다. 10분 정도 기다렸는데 무척 길어 보였다. 택시 운전사 전화번호를 받는다. 7층 크루즈 고객센터로 달려간다. 전화를 부탁한다. 마침내 택시 운전사가 연결되었다. 뒷좌석에 검은색 점퍼를 발견했다고 답한다. 보내줄 수 있냐고 물으니 흔쾌히 OK다. 송달, 현지 한국인인게 등 여러 방법 중 우리가 쉬운 쪽으로 전달하겠다고 한다. 하나가 해결된듯하여 둘이 손잡고 뛴다. 세상이 넓다지만 통신 기술이 좁게 만들고 있다. 망망대해 바다 위에서 전화가 가능하다는 것이 대단하다. 한국

에 그 옷이 올지는 몰라도 개운하다. 우여곡절 끝에 일이 성사될 느낌이다. 두드리면 열린다더니 노력하는 자에게 하늘도 돕는 것 같다.

남반구에서 가장 깊은 자연 항구에 있는 Richards Bay는 자연과 문화를 찾는 사람들 모두를 설렘 주는 도시다. 오늘은 이곳 관광이다.

차를 타고 여행을 나선다. 큰길가에서 차가 멈춘다. 소떼들이 지나가기 때문이란다. 영화에서나 있을 법한 상황이 현실인 모습이다. 하얀 소가 많이 지나간다. 끝도 보이지 않는 푸른 땅이 부럽다. 크긴 큰 나라이다.

유네스코 자연유산이라는 리버투어를 간다. isimangaliso wetland park다. 수십km의 강물에 하마 가족이 여기저기 살고 있다. 행복해 보인다. 세렝게티는 물이 없을 때는 수백 마리가 괴롭게 견디다가 우기가 오면 행

복해한다. 이곳 강물은 메마를 까닭이 없기에 마음 편할 것이다. 어느 곳에서 태어나고 어느 곳에서 사느냐가 삶의 질을 결정한다는 이론이 동물에게도 적용됨을 느끼게 한다.

갈대밭이다. 강기슭 갈대에 주먹 크기로 무엇인가 많이 달려있다. 노랑새의 둥지란다. 천적을 피하여 강가에 집을 짓는 지혜가 훌륭하다. 악어도 있고 흰 수염 물수리도 있다. 보트를 타고 강을 거슬러 오르내리며 구경하는 강 투어이다. 하선하는데 원숭이들이 출몰한다. 년 중 따뜻하고 먹을 게 많은가보다. 남아공은 남한 땅의 12배다. 농사지을 수 없는 사막지대에서는 금과 석탄 등 광물이 많고, 푸른 초원은 목축업이 성하다. 길가 따라 유칼립투스 나무가 잘 가꾸어져 있다. 레몬 나무, 포도나무도 끝

없이 펼쳐있다. 잘살 수밖에 없는 구조다. 다만 백인들 소유이고 흑인은
힘든 나날 속에 산다는 것이 문제라면 문제일 것이다.

리처드 베이로 돌아온다. 코뿔소, 기린 등 근처에 사파리 투어가 많은가
보다. 광고판이 이색적이다. broadwalk mall 대형 쇼핑몰이다. 점퍼를 15
달러에 산다. 한국 도착 시 영하 8도를 견딜 옷이 없다. 여름에 겨울 털옷
을 사니 70% 세일이다. 쇼핑몰이 얼마나 큰지 타고 갈 셔틀버스 내렸던

장소를 잊어 버렸다. 나이 들면 기록이 중요함을 안다. 간신히 기억해낸 맥도날드 가게 앞을 찾았다. 흑인 청년이 안내해서 해결한 것이다. 안내가 두려웠다면 다른 방법이 없었다. 가지고 간 사과 5개 등을 주면서 고맙다고 하니 상대가 더 고맙다며 인사한다. 셔틀버스를 타고 배로 향한다. 재래시장을 지나간다. 수십 년 전 우리나라 시골 장터 모습이다. 오늘 밤에는 마다가스카르로 떠난다. 동아프리카가 궁금하다. 시 한 수 짓고 잠을 자야겠다.

마다가스카르

위치 : 아프리카 동방
인구 : 31,056,610명(2024년 추계)
수도 : 안타나나리보
면적 : 587,295㎢, 남한의 5배
공식 명칭 : 마다가스카르 공화국(Republic of Madagascar)
기후 : 열대성 기후, 온대성 기후
민족 구성 : 코모로인, 말라가시인, 프랑스인
언어 : 마다가스카르어, 프랑스어

모로코
카나리아 제도
상투메 프린시페
세네갈
코트디부아르
앙골라
인민공화국
나미비아
마다가스카르   모리셔스
남아프리카
공화국

9. 마다가스카르

Madagascar

아프리카 대륙 남동 해안 앞바다에 있는 인도양 남서부의 섬나라. 수도는 안타나나리보이며 화폐는 말라가시 아리아리이다. 농업이 주요 산업이나 급속한 인구 증가로 주요 식량의 대부분을 수입해야 하는 실정. 1인당 국민총생산(GNP)은 1980년대 중반부터 점차 줄어들어 현재 세계 최하위권에 속한다.

가난한 나라, 흑사병, 말라리아, 원숭이 병 등 질병은 많다고 한다. 고민되는 나라다. 여기까지 와서 포기할 수 없다. 가는 거야. 여행하다 죽으면 멋지잖아. 세계 여행하면서 죽을 고비도 많았잖아. 살아왔잖아. 여행은 용기잖아. 후회 없었어. 나중이란 불확실한 약속어음이야. 결정했어, 전진이야. 죽으면 갈 수 없으니 죽기 전에 가봐야 해. 자신감이 솟아오른다. 세계 최빈국답게 힘든 풍경이다. 어린 왕자에 나오는 바오밥 나무만 생각했는데 차마 쳐다볼 수 없는 가난을 본다. 오늘은 현지인에게 사기당해 주기로 마음먹으니 웃음이 나오며 행복해졌다. 지금 이만 원 조금 더 썼다. 20달러의 행복이다. 알면서 모른 척 물건을 샀다. 썩은 망고, 녹진 팔찌. 나중에 다 버렸다.

동화의 나라, 평화로운 동산, 에덴동산과 다르다. 초록이 넘실댄다. 원

주민들의 표정은 미소 가득하다. 사랑스럽기만 하다. 1인당 국민소득이 천 달러로 우리나라보다 34배 가난하다. 얼마나 가난한지 비교할 수 없을 정도로 가난하다. 가진 게 없다는데 우리보다 더 행복한 미소는 진짜일까? 멀리서 보지 말고 가까이 가서 참모습을 보고 싶다.

아이들은 흙을 밟으며 공놀이 한창이다. 공이라고 부르기에도 어려운

풀 뭉치이다. 함박웃음이 퍼져간다. 아낙들은 나뭇가지를 엮어 바구니 짜서 팔고 원주민들은 물고기 잡고 먼지 피어오르는 땅을 파서 식량을 구한다.

   카사바라는 고구마처럼 생긴 뿌리를 캔다. 이것이 주식이란다. 갈대로 집을 짓고 2년마다 한 번씩 갈아준다고 한다.

태초의 땅을 간다. 섬으로 고립되어 독특하게 진화된 여우원숭이도 많다.

소금호수도 있다. 호수 아래에 깔린 소금 결정체. 바닷물이 갇혀 호수가 되었다고 한다. 플라밍고인가 호수를 붉게 물들인 곳도 있다. 초현실 세계다.

릭샤가 거리에서 손님을 기다린다. 대학을 졸업해도 취업할 회사가 거의 없다. 릭샤 꾼이 되는 사람이 더 많다는 나라. 손님을 기다리는 손수레 릭샤가 애처롭다. 릭샤 꾼과 눈 맞추기가 미안하다.

뒤돌아본다. 맨발로 무거운 바구니를 이고 가는 소녀의 안쓰러운 모습

이 보인다. 소설 속에서는 어린 왕자가 당당한데 그런 모습은 어디 가고 어찌할꼬?

마다가스카르가 진짜 아프리카다. 신비한 자연, 값싼 먹거리, 친절한 사람들, 아무것도 없어 보이는데 웃고 친절하다. 가까이 보면 슬프고 불행해 보이는 것은 내 주관적 생각인 모양이다. 여행이 부리는 마술일까? 여기 오기로 한 것 잘했다고 말한다. 밤에는 전기가 들어오지 않는 마을 사람들은 밤에 가족과 대화하고 별을 세고 웃는다고 한다.

바다에 왔다. 손안에 바다가 들어왔다. 파란 하늘에 손발을 담아 본다.

어디가 바다고 하늘이야, 첨벙! 너무 푸르고 맑아서 혼돈했다.

Nosy Be에 하선하여 본격 관광 중이다. Madagascar에서 가장 크고 가장 인기 있는 목적지인 Nosy Be는 북서쪽 해안에 위치, 일랑일랑 나무로 유명하다. 로코베 보호구역(Lokobe Reserve)에서 여우원숭이와 카멜레온과 어울리며 하루를 보내고자 차를 찾으려고 시내로 걸어간다. 도시에 3층 이하의 건물뿐이다. 그것도 일부분이고 대부분 가옥이 바나나 잎으로 만들어 지붕을 덮은 모습에 처음에는 사람들이 사는 집이라고 생각하지 못했다. 도로에는 자동차라고 부르는 삼발이 툭툭이 차가 택시다. 자전거, 툭툭이, 섞여 다니고 특히 우마차가 함께 다닌다. 소떼들이 지나갈 때는 신호등이다. 다른 도시에 비하여 더 열악한 지역인 모양이다. 비영업용 트럭을 타고 투어 시작이다. 한국 질병 관리청, 대사관, 영사관에서 문자가 왔다. 야외에서 긴 옷을 착용하고 모기 물리지 않도록 조심하라는 문자다. 내가 아프리카 오지 여행할 거라는 것을 한국에서 안다는 이야기다. 위험을 피하는 방법은 안다. 그런데 아프리카 속살을 보려면 경

고를 무시할 수밖에 없다.

툭툭이 차는 불안하여 포기했다. 트럭이 2시간 털털대고 가더니 첫 관광지에서 내리라고 한다. mount passot이다. 해발 329m 정상에서 내려다보는 풍경이 압권이다. 호수 건너 푸른 바다가 있고 점점이 섬이 떠 있다. 바나나 잎으로 만든 집에서 사람들이 나온다. 이번에는 아름다운 초록빛 해변을 간다. 아이들과 어른 몇 명이 간절한 눈빛을 보낸다. 우산,

볼펜, 옷을 나누어준다. 어느 순간 10여 명이 더 달라고 소리치며 잡는다. 준비해간 것 모두 털어준다. 아프다. 아프리카에 흑인을 위한 나라는 없다. 일부 백인을 위해 흑인들이 종사할 뿐이다.

다음 코스는 로코베(lokobe) 국립공원이다. 트럭을 개조한 차로 간다. 비포장도로이다. 불편해도 여우원숭이에 대한 기대감으로 인내한다. 보트장에 도착했다. 보트가 없다. 15분 걸어서 선착장으로 가자고 한다. 검은 흙길이 지저분한 바닷길을 걷는다. 운동화가 푹푹 빠진다. 슬리퍼로 갈아신는다. 슬리퍼에 모래가 들어가서 발등을 긁는다. 맨발로 걷는다. 발바닥이 아프다. 우마차가 지나간다. 우마차를 타고 갈까 고민해본다. 끝없어 보이던 갯벌이 끝나고 바닷물을 만난다. 반갑다. 돌아올 때도 같은 길을 반복해야 한다니 끔찍하다. 납치당하는 기분이다. 현지인 흑인 세 명에게 포위되어 간다니 걱정이다. 포기할까? 말하고 싶은데 한번 말하면 포기를 모르는 내 성격이 문제다. 선착장이 없다. 보트 타는 바다까지 걷는다. 무릎까지 출렁대는 바다를 휘청대며 걷는다. 배낭을 머리에 이고 물속을 걷자니 유격훈련 같다. 좋은 쪽으

로 생각하려고 노력한다. 영상 34도쯤 된다. 덥고 습하다. 우여곡절 끝에
탑승 후 전동보트는 달린다. 주위에서 수동보트로 노 저으며 가는 사람들
이 많다. 국립공원까지 노 저으며 가지 않겠지 하며 농담할 여유도 생겼
다. 죽어도 좋다며 생각을 바꾸니 즐거워진다. 배가 전복될 것도 염려하
지 않는다. 구명조끼 한 개 없는 배가 시퍼런 바다 위를 달린다. 전복되면
무엇을 잡을까? 잠시 생각해본다. 매우 흔들거린다. 15분 만에 도착하여
10분을 다시 물속을 걷다가 갯벌을 걸으며 공원 입구에 도착한다. 오지
탐험도 이렇게 험악하지 않을 것 같다. 여행인가? 탐험인가? 극기 훈련도
아니고 땀으로 목욕이다. 산을 오른다.

천년 넘은 나무들이 빽빽한 숲이다. 정글이다. 34도 열기에 짧은 옷을
입었다. 정글에 갈 때는 긴 옷이 필수라는 것을 설마 하며 온 것이 실수다.
관광코스인데 사람 다니는 길은 잘 나 있겠지 한 것이 실수다. 여기는 세
계에서 가장 가난한 마다가스카르임을 잊은 것이다. 모기들이 나만 집중
적으로 공격해온다. 욕심 많은 모기가 내 손에 최후를 마친다. 신기한 동

물 감상에 모기와 전쟁할 것을 잊는다. 따끔하다. 모기 수십 마리가 팔, 다리를 물고 있다. 털고 죽여도 전술 방법인지 수백 마리가 달려든다. 수백 대 일의 싸움에서 승리할 방법은 없다. 조금씩만 빨아먹고 가라고 포기한다. 말라리아, 황열병, 뇌염모기가 아니기를 기도하며 풍경 감상이다. 모기퇴치제를 뿌리는 것도 잊었다. 일랑일랑 꽃이라고도 하고 링기링기 꽃이라고도 하는 꽃 액을 바르면 모기가 오지 않는다고 현지인이 아주 비싸게 사라고 한다. 믿을 수 없어서 몸으로 때운다.

가이드가 입으로 이상한 소리음을 발산한다. 여우원숭이 소리라고 한다. 알락꼬리여우원숭이가 나타난다. 수놈은 검정, 암컷은 노랑이다. 흥분의 도가니다. 새들도 많고 카멜레온도 많다. 푸른색, 검정 등 다양하다.

나무줄기와 똑같이 변신하고 있는 놈도 있다. 쌀 한 개보다 더 작은 카멜레온도 있다. 엄청난 크기의 보아뱀을 보는 건 놀랄 일이 아니다. 파충류, 곤충, 올빼미, 박쥐, 거북이, 원숭이 등도 많다. 사람들을 무서워하지 않고 사진 찍으라고 포즈를 취한다. 팁으로 바나나를 건넨다. 감사하다며 사라진다.

이곳에서는 자연스러운 정글 탐험이다. 섬 전체가 마법의 섬이다. 동물원이나 인공사육장이 아닌 자연에서 사는 동물을 가까이에서 볼 수 있다는 것이 감동이다. 보트를 타고 로코베 섬을 나오려는데 15세 정도로 보이는 소녀가 아기를 안고 있다. 배고픔에 동정을 바라며 우는 아기를 보여준다. 눈빛이 찡하다. 이 나라에서는 조혼이 흔해서 자연스러운 현상

이란다. 아이들이 많이 태어나서 아이들이 많다. 그 대신 평균수명이 짧아서 60세는 거의 없다고 한다. 줄만 한 것이 없어서 지갑을 열어 돈을 준다. 얼른 받으며 좋아한다. 다 털어주고 싶어도 남은 여행을 생각하니 어쩔 수 없다. 가슴이 아프다.

마다가스카르는 얼마나 가난한 나라인지 계산할 수 없다. 매일 비가 올 때가 많은데 땅은 바오밥 나무만 자랄 수 있는 배수 잘되는 자갈땅이 대부분. 물론 정글도 있지만, 정글 지역은 매일 비가 온다.

주여! 마다가스카르가 보이지 않습니까? 마다가스카르를 포기하시면 아니 되옵니다. 이들의 죄를 사하여 주시옵고 굶주림을 도와주세요. 하느님! 이러시면 절대 아니 되옵니다. 독백한다. 로코베 섬에서 나오는데 전동보트로 15분 걸린다. 많은 보트가 관광객을 태우고 오고 간다. 몇 시간

전에 농담처럼 노저어서 가지 않겠지 한 것이 현실이었다. 한 척에 두 명이나 세 명이 노를 저어 간다. 우리가 탄 전동보트는 한두 대이고 대부분 수동보트다. 왕복 한 시간 반을 노를 저어 간다니 이곳이 관광지인지 체력훈련장인지 한숨이 나온다. 다들 고개 떨구면서 지쳐 나오는 사람을 본다. 그중에 일본 관광객이 우리에게 말한다. 허리, 팔이 아파서 죽을 지경이란다. 몇 분 대화도 힘들 정도로 맨땅 위에 그냥 퍼진다. 우리 순서가 수동 배였다면 나는 포기했을 것이다. 그들이 고개를 설레설레 흔드는 것을 위로하며 우리는 전동보트 타고 트럭 타고 메인 도시로 온다. 야자잎으로 지붕을 해서 넣은 상가가 줄지어 있다. 다운타운 이름이 hell ville다. 중심 상가에 카페를 찾기 힘이 든다. 커피점이 이 나라는 과분한 모양이다. 간신히 하나 찾아서 인터넷을 한다. 맥주 한 병이 2달러다. 골프장도 있

고 리조트도 있다. 누가 골프 할까 궁금하다. 별장에 사는 프랑스인일까?
관광객일까? 이곳 사람들은 취미가 무엇일까? 다이어트 민족처럼 대부분
깡말라 있다. 얼굴에 그림 그린 여자가 많다. 배고파도 예술혼은 대단한
가 보다. 그림 파는 곳도 많다. 잘 그렸다. 시장에는 간절한 외침이 가득
하다. 건강하게 살아있다는 것이 감사하다. 내 눈물로 이들의 아픔을 닦
아 줄 수 있다면 마음껏 울어주리라. 눈시울 붉히며 배로 돌아온다. 나는
오늘도 살아있다. 감사하다. 오늘 심한 폭풍이 오고 비가 많이 올 수도 있

다고 예보했는데 여행 중에는 화창했다. 귀가하는 차 안에서 많은 비를 보았다. 감사합니다. 오늘도 감사가 일상이고 습관이 되었다. 글이 쓰고 싶어진다.

오늘을 마지노선으로 긋고 싶다. 한 번도 해보지 않았던 노력을 기꺼이 할 준비가 되어있다.

스스로 능력을 과소평가하면 사는 대로 생각하게 된다.

불가능한 걸 그려본다. 그리고 그것을 가능한 것으로 보기 시작한다.

병으로 시간을 많이 쓰기 전에 여행을 많이 하자. 여행은 몸과 마음의 균형을 준다.

읽지 않는 사람은 읽지 못하는 사람보다 나을 바가 없다. 책을 꺼내 읽는다.

하루가 지났다. 아침이다. 오늘의 관광은 마다가스카르의 안티시라나나에서 시작한다. 여행 전에 바라보는 첫인상은 척박한 곳이구나. 황토색 땅이 보이고 바오밥나무가 많이 보인다. 마다가스카르 나무라고 말할 정도로 바오밥나무가 어디든지 많다. 가로수와 도로 경계 목도 바오밥 나무다. 이 나라의 대표 나무다. 신성한 나무라 하여 베지 않는다. 바오밥 나무가 많다는 것은 척박한 환경이라는 뜻이다. 바오밥 나무, 가시나무가 어디든지 많다. 정글 지대로 있지만, 농업 외에는 할 수 있는 조건이 없다. 바다에는 아주 작은 세상의 물고기가 다 모여 산다. 귀찮게 할 사람이 드물다. 자연은 때 묻지 않아서 좋을지라도 국가 경제는 빈약할 수밖에 없다. sakalava, ramena 해변 등 아름다운 해변도 많다. 스노클링 하면 좋겠다. 파랑 물감을 풀어 놓은 듯 에메랄드빛 바다가 아쉽다.

관광객이 없다. 아무리 천혜의 자연을 가지고 있어도 관광인프라가 되어있지 않으면 접근조차 힘이 든다. 이 나라가 그렇다. 아무 곳이나 국립공원 하면 될듯하다. 비포장도로, 푹 꺼진 땅, 먹고 쉴 수 있는 집, 큰 배조차 입항할 수 없는 항구 등 개선하면 관광지 되겠다. 50년 후에는 가능할까? 당장은 배고픔을 해결하는 게 문제로 보인다. 의욕 상실한 젊은이들이 몰려온다. 산업이 없다. 공장도 보지 못했다. 더 가난해질까 걱정이다. 가난할 수밖에 없는 모든 조건을 다 갖춘 나라로 보인다. 더 이상 나누어줄 물건도 없다. 카메라 셔터를 누를 용기가 없어진다. 그냥 함께 울어주고 싶다. 마냥 걷는다. 바오밥 나무가 멋있더니 안쓰러워 보인다.

큰 도시는 다른 외국 도시와 비슷한 점이 많다. 시골로 가본다. 여기는 주식이 쌀이다. 민둥산 사이로

논이 많다. 쌀농사를 60년 전 우리 방식으로 한다. 소가 이끌고 사람 손으로 농사일한다. 순박한 사람들의 모습이 정겹다. TV 등 문화시설은 없어 보인다. 전기선이 없는 집들이다. 시골 농부들은 먹는 것은 만족하나 보다. 집안을 살짝 본다. 없다. 안 보아도 없을 것이라는 확신이 들었다. 가진 것이 거의 없는대도 웃는다. 마다가스카르에서 60년 전의 옛날 풍경을 본다. 한국에 돌아가면 순박하게 옛날 방식으로 살아가는 이곳이 그리울지도 모른다. 못 먹고 굶주려도 도시로 가고 싶은 젊은이들의 꿈을 응원

하고 싶다. 다들 포부는 크다. 농업에 평생 의지해야 할지도 모르는데 안타깝다.

1인 평균 월급이 4만 원이라니 음식이 싼 이유를 알겠다. 소고기가 특히 싸다. 이 나라 사람들은 소고기 바비큐가 비싸다고 할 것이다. 상대적이다.

북부 마다가스카르의 관문이었던 안티시라나나(Antisiranana)는 한때 디에고 수아레스(Diego Suarez)로 불렸던 도시로, 활기찬 도시이자 조용

한 도시였다.

마을이 모여 도시가 된 형상이다. 이곳도 동화 속의 동산이다. 도시와 자연의 경계가 모호하다. 60년 전 우리나라 마을처럼 아름답다. 행복한 기운이 밀려온다. 지나온 세월이 그리워진다. 고향이 그립듯 가슴에 남는다. 하루에 세 번 먹을 수 없는 형편이라는데 웃음소리가 귓가에 울린다. 우리도 어린 시절 먹을 것 놀 것이 없어도 지금 그때가 그리운 것과 마찬가지인 모양이다.

주민들은 정오부터 오후 3시까지 낮잠을 자기 때문에 평소 번화한 상점과 레스토랑은 이 시간에 몇 시간 동안 문을 닫는다. 하지만 상점이 문을 닫아도 볼 수 있는 건축물과 자연의 아름다움이 많이 있다. 프랑스 스타일의 건축물 유적이 여러 곳 있다. 도시 외곽에는 휴식을 취할 수 있는 해변과 탐험할 수 있는 숲이 있다. 마다가스카르는 아프리카에서 생물 다양성이 가장 높다. 어떤 동물을 볼 수 있는지 확인하자. 특히 바오밥 나무 보는 것은 필수.

칭기 국립공원 등, 놀랄만한 관광지가 많

다. 고생한 만큼 보상은 받지만 편한 여행을 즐기는 사람에게는 어려운 일이다.

안쪽으로 여행하면 더 새로운 세상이 보인다. 황무지가 끝이 없다. 가끔 가시나무 같은 나무숲이 작게 모여있다. 사막화된 것인지 사막인지 폐허다. 그 무엇도 살 수 없을 것 같다. 무엇인가 휙 지나간다. 쥐다. 쥐같이 생긴 고슴도치일 수도 있다. 아닐 것이다. 고슴도치는 밤에만 움직이고 낮에는 밤송이처럼 웅크리고 가시나무 밑에서 잠들어 있다고 한다. 평생 한 평의 땅에서만 산다는 피그미카멜레온도 있다. 이렇게 여행 다니는 사람은 참 행복하다는 생각이 든다. 전갈도 보는데 공격하지 않으면 공격하지 않는다. 작은 벌레들도 있다. 살 수 없을 곳에서 산다. 도시마다 지역마다 사는 모습이 달라서 한 곳만 보고 판단하면 판단에 실수가 생기겠다며 돌아온다. 생각을 정리하는 시간이다.

돈은 땀으로 벌고 꿈에 쓴다.

땀은 진심이 흘린다. 거짓 눈물, 악어의 눈물은 있으나 가짜 땀은 없다.

무지개가 떴다. 하늘에 길이 났다. 화려한 길이다. 7차선이다. 빨주노초파남보.
아무도 그 길을 걷지 않는다. 머쓱하게 사라진다.

여행은 다시 돌아온다는 전제로 길을 떠나는 것이다. 돌아오지 않는 건

여행이 아니다. 이사다.

영원한 오르막길은 없다. 반대편에서 보면 내리막길이다.

긴 여행이다. 아프리카다. 천국은 당일치기로 가보고 싶다.

좋은 생각이 떠올랐다. 잊기 전에 기록하려고 종이와 볼펜을 찾아 놓았다. 아이디어가 무엇이었는지 까먹었다.

미래는 내가 어떻게 할 수 있는 것이 아니다. 내가 바꿀 수 있는 것은 현재의 나 자신이다. 현재 나 자신을 조절할 수 있다면 나는 내 삶에서 이기고 있는 것이다.

한 번뿐인 인생이 두려움을 피하기 위한 삶이라면 곤란하다. 즐기기 위한 인생, 더 행복 하라는 삶을 위해 내 마음이 향하는 앞의 방향으로 가보자.

결과가 보장되지 않은 일을 무조건 회피한다면 할 수 있는 일은 얼마 없을 것이다. 불안은 중도 포기하게 만든다. 불안은 과정을 즐길 수가 없다. 인생은 답이 없는 문제를 푸는 과정이다. 도망가고 불안해하기보다 도전하고 과정을 즐기는 것이 최선 선택이라 믿는다.

모리셔스

위치 : 아프리카 동쪽 인도양 남서부

인구 : 1,301,978명(2024년 추계)

수도 : 포트루이스

면적 : 2,040.0㎢. 제주도 보다는 조금 크다.

공식 명칭 : 모리셔스 공화국(Republic of Mauritius)

기후 : 아열대 해양성기후

민족 구성 : 인도계(68%), 크레올족(27%), 중국계

언어 : 영어

종교 : 힌두교(48%), 로마가톨릭(24%), 그리스도교

화폐 : 모리셔스 루피 (MUR)

10. 모리셔스

Mauritius

독립된 섬나라. 수도는 포트루이스이며 화폐는 모리셔스 루피이다. 세계 최대의 인구 조밀 지역에 속하며, 농업에 기반을 둔 발전도상의 혼합 경제다.

모리셔스의 수도 포트 루이스(Port Louis)에 푹 빠져보자. 전 프랑스 황제의 이름을 딴 이 항구 도시는 희망봉 주변을 항해하는 선박의 주요 통과 지점이었다.

모리셔스 첫인상은 관광선진국처럼 관광하기에 좋은 조건을 갖춘 나라다. 관광객 유치에 얼마나 관심과 투자를 하는지 느껴진다. 좋은 경치가 있어도 관광인프라가 없으면 구경 어렵다. 이 나라는 관광 수입이 대단할 것이다. 영어를 국어로 사용해서 편리하고 프랑스어까지 국민이 한다. 몇 개 언어를 하는 국민이 관광객을 유치하니 바다와 산으로 부자 되겠다. 제주도 면적 크기면서도

즐길 것이 많다. 책이 많아도 독서가 생활화되지 못하면 장식에 불과하다. 도약할 수 없다. 이 나라는 발전하겠다. 부자가 되는 건 좋으나 부자로 죽는 것은 수치라는 말이 생각나게 한다. 가난해 보여도 노인들이 웃는 모습이 흔하다. 모리셔스라면 몇 달 살고 싶은 나라다. 나라 전체가 진한 옥빛 띠로 둘러있다. 어느 곳에도 만족할 만한 휴양시설이 있다.

힌두교 사원과 깊은 협곡을 가 본다. 섬 한 바퀴 도는데 하루면 되지만 이틀 시간이 있어서 천천히 오르막 내리막 하면서 해변 등 모두 관광한다. 어디든 실망하지 않는 곳이다. 신혼여행을 많이 오는 이유를 알겠다.

휴화산부터 시작이다. 트루 오 서프(trou aux cerfs)는 가로 300미터 깊이 80미터의 분화구다. 포트루이스 시내가 한눈에 보인다. 한 바퀴 산책

이 20분 걸린다. 걷기 좋게 만들어져 있다. 모리셔스는 폭포도 많고 수목원도 많다. 에메랄드 섬도 많고 예쁜 산도 많다.

7가지 색을 나타낸다는 산을 갔다. 차마렐 칠색 지구 지질공원(chamarel seven coloured earth geopark). 모래언덕일 뿐인데 색이 일곱 가지로 색깔이 변한다. 태양이 비출 때는 더 화려한 옷을 입은 듯 빛이 난다. 감탄사가 절로 난다. 그 옆에 폭포도 있고 대형 거북이들이 놀고 있다. 택시 운전사에게 하루는 남서쪽, 하루는 북동쪽으로 좋은 곳 드라이브하자고 하여 여행한다. 가격이 한국보다 조금 더 싸다. 어느 곳을 가도 해변이 아름답다. 청록색 산호초 바다 해변이 나라 전체를 두르고 있다고 할 수 있다. 수십 개의 비치 중 어떤 해변이 아름다운지 순서를 정하기 힘들다. 그래서

모리셔스! 모리셔스! 한다는
생각이 든다.

　이번에는 black river gorges
국립공원을 간다. 협곡의 웅장
함에 입을 다물 수 없다. 화산
지역이라 돌이 검정이다. 흐르
는 물이 검은색으로 보여 검은 강이라 부른다.

　마다가스카르에서 수십 번 헌혈한 붉게 된 자국들이 걱정되지 않는다.
가렵지만 여행할 수 있는 건강이다. 모기에게 헌혈했다. 주었다면 잊자.
오늘이 생애 마지막 날인 것처럼 하느님이 주신 오늘이란 선물을 최고로

보내자. 내일 어떻게 될지 아플지 죽을
지는 하느님이 결정할 일이다. 아! 걸
어서 여행하고 있다는 건 얼마나 고마
운 선물인가? 이러다가 행복에 겨워 세
상 먼저 떠나는 건 아닐까? 즐겁게 행동
하려 하니 늙어가는 것이 늦춰지는 기쁨
이 있다. 고생하고 모기 물리고, 아프고
힘들고, 극기 훈련, 이런 게 아니라 새로운 경험이다. 지루할 시간이 없다.
오늘은 땀으로 눈을 뜨기 힘들었다. 이만 보가 넘었다. 힘들었다. 인생은
대본이 없어서 좋다. 무엇이 터질지 설렌다. 그래서 나는 오지 여행을 겁

내지 않고 도전한다. 사랑에 빠지면 초인이 된다. 극한의 오지 여행하면 불가사의한 힘이 솟구친다. 끝나고 나면 즐거움이 그림자처럼 따라다닌다. 몸 가는 곳마다 마음먹기 달렸다. 지금 억지로라도 웃고 즐거워해야지 다음은 다음일 뿐이다. 마음먹기 따라 천국과 지옥이 있다. 나는 천국을 마음먹고 있다. 걸으며 생각을 만나면 메모 형식으로 쓰는 것도 잊지

않는다. 새로이 태어난 시선으로 천국을 미리 맛본다. 품어 안은 생각과
깨달음의 산고를 통해 유언처럼 나에게 들려주고 싶다. 그리고 세상에 내
놓는다. 세포가 신나게 춤을 추며 웃고 있다.

　시간이 갈수록 점점 더 도전하지 못한 걸 후회하게 두고 싶지 않다.
　내가 직접 선택하지 않은, 남에게 맞춘 길이라면 그 길에서 행복할 수
없다. 내가 부족하더라도 내게서 시작해야 진짜 인생을 살 수 있다.

　인생이란 누구나 각자의 경기를 하는 것. 내 인생에서 승리의 메달은 내
가 나에게 주는 메달이다.

하고 싶은 것을 간절히 떠올린다. 더 좋은 방법이 생각나기 전에 일단 행동한다. 행동하지 않으면 아무것도 시작되지 않는다. 목표를 높게 잡았다면 내려 보거나 주춤거리거나 망설이지 않는다. 고개를 떨구는 순간 목표지점은 훌쩍 멀어진다.

지나간 시간은 되돌아오지 않는다. 아직 찾아오지 않은 행복을 마냥 기다리는 것보다는 지금의 행복을 충분히 느끼는 것이 중요하다.

낯선 곳에서의 자유가 힐링 여행이다.

오늘도 모든 게 기적인 것처럼 살자.

197

　세상은 변하지 않는다. 상대도 변하지 않는다. 내가 변할 수 있을 뿐이다.

　삶이란 당신이 아닌 다른 존재가 되길 바라는 것이 아니다. 삶은 당신이 있는 자리를 즐기고 당신이 있는 그대로를 사랑한다.

아름답다. 이 장소들도 언젠가 사람들로 가득 차는 것을 피할 수 없을 것이다, 경이로운 풍경 소문이 바람처럼 빠르게 전파될 것이다.

여행 마지막 날, 모리셔스에서 탑승하여 두바이 경유 한국행. 무사히 귀국했다. 동반자에게 말한다. "흑인들이 안 보여, 여기는 한국 사람뿐이야, 신기하다." 아프리카는 유혹에 빠지면 중독된다. 여섯 번째 아프리카 여행이다. 한 번도 후회한 적이 없다. 갈 때마다 대만족이다. 아프리카가 답인 모양이다.

이렇게 아프리카 여행 40일간 한 바퀴 돌았다. 고생했다. 힘들었다. 다시 되돌아본다. 그런데 벌써 아프리카가 그립다.

송양의 여행에세이

아프리카 40일

초판 발행 2025년 2월 18일

지은이 송양의
사 진 송양의
펴낸이 노용제
디자인 서용석
펴낸곳 정은출판

등 록 제2-4053호
주 소 04558 서울시 중구 창경궁로 1길 29 (3층)
전 화 02-2272-8807
팩 스 02-2277-1350
이메일 rossjw@hanmail.net

ISBN 978-89-5824-515-5 (03810)
정 가 15,000원